U0036170

魔豆

魔豆

春秋異聞
番外
食夢鳥
醉琉璃
著

目錄

楔子 …… 05
第一章 …… 21
第二章 …… 41
第三章 …… 61

第四章 …… 85
第五章 …… 101
第六章 …… 119
第七章 …… 137
第八章 …… 157
第九章 …… 173
尾聲 …… 189
番外・花忍冬的約會時間 …… 195
後記／醉琉璃 …… 213

楔子

脫離白天的喧囂之後，入夜的巷弄變得非常靜謐，彷彿任何聲音都會被無限放大。平常不會注意到路燈發出的嗡嗡聲，現在清晰地傳進耳裡。

紅磚圍牆斑剝，生了鏽的大門緊閉，一扇扇沒了燈火映照的窗戶鑲嵌在牆壁上，不規則地拼貼出圖案。

淺黃色的路燈光暈映射在柏油路面，揉合蒼涼月色的淺銀光芒製造出迷離詭異的氛圍，彷彿與世隔絕一般，沒有任何人存在。

但再仔細一瞧，就會發現這條巷子裡其實有一道修長人影正緩緩走著，只是那如貓般的輕巧腳步讓人幾乎忽略了存在。

那是一名蒼白俊美的紅髮青年，一雙狹長的眼沉沉湛湛，像是看不見底的深潭，又像是無人氣的冰原，彷彿月光與路燈光芒都無法在他眼中留下一絲溫度。

即使現在的時間已經過了午夜十二點，青年卻像毫不在乎隻身一人行走在偏僻巷道是否會遇上危險。

此時這條靜得針落可聞的巷子裡，一截灰黑色的柏油路突地奇異地蠕動了一下，原本堅硬的路面就像是忽然變得柔軟，如同融化的黏糊液體正逐漸向前滑動。

青年繼續往前走，好似沒有察覺身後的異狀。

路燈發出啪滋一聲，光芒無預警閃爍一下。

青年抬起頭往上看了眼，但異樣似乎只有一瞬間，也許只是單純的電路不穩，青年又把視線挪了回來。

昏黃的路燈光芒將青年身影投映在圍牆上，拉出了細細長長的形狀。

如果青年轉個頭，就可以發現黏稠的黑色液體竟在不知不覺間拔高，像是捲起的海浪一樣，無聲朝他逼近；而在黑色海浪的正中間，咧出一張血紅色的巨大嘴巴，上下兩排牙齒尖利得如同刀子，折射出森森寒光。

雙方距離越拉越近，那張血盆大口只要再往下幾公分就可以輕而易舉吞入青年的頭，然而尖錐狀的牙齒即將咬向他脖子之際，一道嘎嘎的鳥叫聲猛地響了起來。

青年皺了下眉，右手滑進口袋又飛快地抽出來，若不是他指間夾著一張黃色符紙，方才的動作快得像是一場錯覺。

輕飄飄的符紙脫離青年手指的瞬間就像是有自主意識一般，朝血紅色大嘴勁射而去，直窟最深處。

猝不及防之下，黑色海浪被迫吞下符紙，黏糊糊的龐大身軀猛地顫抖起來，就像是在忍受著極大的痛苦。

「呼噁……呼噁……」腥紅的嘴巴發出了渾濁的喘息聲，每喘一次，海浪的高度就變矮幾分，而身軀的抖動則變得更快了。

到最後，它就像是崩塌的沙堡一樣，嘩啦地碎落在地。

柏油路依舊凹凸不平，在燈光的照射下顯出堅硬的質感。

周邊住宅安安靜靜，沒有人察覺到窗外小巷曾出現過異狀。

黑色海浪消失後，紅髮青年就像覺得無趣般地轉身欲走，當他踏出第一步，又是一聲聒噪的鳥叫打破了平靜。

青年像沒聽到般，繼續往巷子口的方向走出第二步、第三步……

「喂！你停下！」

明顯屬於小男孩的稚氣嗓音拔得又高又尖，透出一點兒氣急敗壞的味道，突兀地劃破了靜謐的夜色。

「臭老頭，我叫你停下來！」

紅髮青年這次終於停下腳步。他回過身，並沒有因爲眼前所見仍是空無一人的巷道而感到驚愕，他從眼神到表情都是冷冷淡淡的，毫不掩飾自己的厭煩。

他的目光落在停在牆邊的白色車子上，就在車頂處，有一隻體型只有巴掌大的鳥。路燈清楚照出那隻鳥兒有著如同蒙眼帶的黑色眼紋，頭頂到後頸是灰色的，背部到尾巴上端則覆蓋紅褐色的羽毛。

「眞弱。」紅髮青年嘲諷地彎了下唇角，「讓人連殺掉都嫌浪費力氣。」

「你！」背部棕紅的鳥兒蹲伏在車頂上，尾巴如扇張開，瞳孔擴張，從牠嘴裡吐出的不是鳥叫而是小男孩的聲音。

「你的目的是什麼？」紅髮青年漫不經心地掃了鳥兒一眼，與其說是打量，不如說是在看什麼低等生物，「算了，反正我也不是很想知道。」

明明青年的嗓音低滑又悅耳，像是大提琴的琴聲，但落在鳥兒的聽覺受器裡，只覺得每個字都像淬了冰渣子似的。

牠忍不住想要抖一抖羽毛，揮去這種莫名的哆嗦感，卻也在這個時候才猛然驚覺自己的身體不知何時已被一縷縷色澤黯淡的暗紅光絲纏住。

鳥兒試圖想張開翅膀掙脫光絲的禁錮，但就算牠使足了勁，卻始終撼動不了光絲分毫，甚至讓自己被纏得更緊了。

「你、你不是說不想浪費力氣？」似乎是覺得重複紅髮青年的那句話會傷了自尊，鳥兒毫不猶豫地剔除掉幾個討厭的字眼。

「因爲你讓我心情不好。」紅髮青年的語氣就像是在說今天天氣很好一般自然，「我改變主意了。」

「你這個人類的個性簡直爛透了！」鳥兒暴跳如雷地發出咆哮，「媽媽一定是被你蒙蔽了心智，才會覺得你是個好人！」

「你的母親是誰，與我無關。」青年輕輕動了下手腕，看似不經意的小動作，但禁錮在鳥兒身上的紅絲卻加快了收束的速度。

彷彿下一秒就要嵌進牠的身體裡，活生生將牠大卸八塊。

「你如果殺了我你一定會後悔！因爲我是來替守樹人傳話的！槐山的守樹人！」鳥兒搶在自己要被勒得窒息前吐出一串又快又急的句子，到最後簡直像是在憤怒地尖叫了。

「槐山？」紅髮青年冷酷傲慢的神色消失了，他恍惚般地輕輕呢喃這兩個字。

若是讓鳥兒來形容的話，牠簡直像親眼見證一座巍峨的冰山瞬間出現裂痕，而且那些裂痕還有越來越多的傾向。

紅髮青年眼裡閃過一抹動搖，原本緊捆在鳥兒身上的紅絲也跟著鬆動。鳥兒心裡一喜，忙不迭抓準機會想趁機掙脫出來，卻沒想到下一秒竟又被一股力道拽拉著，從車頂上飛出去。

「槐山的守樹人是誰？你不說我就掐死你。」紅髮青年一把抓住不斷撲騰的鳥兒。

「你現在就快掐死我了臭老頭！」鳥兒憤然地大喊，很難想像那麼小的身軀居然可以發出那麼大的音量。

牠扭著圓滾滾的身子，帶有白色翼斑的黑翅膀搧了又搧，卻挫敗地發現自己仍舊牢牢被箝制在那隻大手裡，連一寸都沒有移動過。

值得慶幸的是，牠的大吼大叫起了作用，紅髮青年終於稍稍放鬆了手勁。

鳥兒撲哧撲哧地喘著氣，想要再拖延一會兒以報復青年剛剛的粗暴手段，但一仰起腦袋對上那雙充滿壓迫感的眼睛時，牠的羽毛幾乎要豎起了。

與先前的冷漠相比，現在的紅髮青年就像是隨時會暴起的野獸，毫不掩飾他的狂躁與猙獰。

若是自己不順他的意……鳥兒全身僵硬，翅膀揮也不敢揮，如果牠像人類會流汗的話，此時一定是冷汗涔涔了。

「槐山的守樹人是誰？」青年又問了一次，「要你傳什麼話？」

「守樹人就是守樹人。」鳥兒竭力讓自己不要表現出害怕的模樣，梗著脖子道：「她讓我來問你，想不想讓樹裡的那個人提早醒來？想的話，現在就來代神村。」

紅髮青年怔怔地鬆開手，只覺得彷彿有道驚雷在腦中炸響。

代神村，舊名黃槐村，每年都會舉辦為期三天的懸槐祭，以酬謝山神庇佑。

但從七年前的某一天開始，這座村子連同村裡的人，以及那些前來參加祭典的遊客，徹底消失在人們的視線裡。一點兒徵兆也沒有，就像是被看不見的力量抹去了存在。

在媒體的報導下，這個前所未聞的詭異事件轟動整個社會，有人說代神村定是被屠戮一空了，也有人說是超自然的力量在作祟，抑或是一夕之間遭遇天災而被埋沒。

眾說紛紜。

甚至有不少人依照代神村在地圖上的位址，驅車前往，卻只在那個地方看到無境的荒煙蔓草。即使派出大型機械挖掘，也一定會出現故障，導致工程無法進行，進而覆上了一層神祕色彩。

久而久之，這座消失的村落又被稱為神隱之村。

紅髮青年卻是知道這座村子並沒有眞的消失，它一直好端端地矗立在那裡，時間的流逝對村子失去了意義，一切景物都與七年前毫無二致。

紅磚黑瓦砌成的屋子櫛比鱗次，街道兩旁懸掛著一盞盞紅燈籠，乍看之下彷彿兩條瞧不到邊際的紅色光帶。

紅髮青年面無表情地開著車子駛過那些被紅燈籠映得光影斑駁的道路，隨著車窗外建築物越漸稀少，取而代之的是一畝畝農田的出現，而那座矗立在代神村後頭的山，也與青年越來越接近了。

由於這座山上種植了許多槐樹，故稱爲槐山，山裡住著村人們信奉的神明大人。

每當懸槐祭即將到來，通往山神所在的小路上，路旁種植的槐樹都會掛上紅燈籠，那是一條由燈火指引的神明小道。

紅髮青年將車子停在山腳處，開門下車，這些動作都極爲流暢，偏偏當他走到鋪著石板的山路入口時，卻驟然停下腳步。

他的神色看不出什麼異常，只有垂在身側的手握成拳狀，他沒有意識到自己攥緊手指的力道有多大，指關節都微微泛白了。

前方是重重樹影，耳邊是風聲與枝葉摩挲的聲音，可是青年卻好似又看見那一天的血花四濺，聽到那一天的慘叫聲此起彼落。

就算已經七個年頭過去了，他永遠也不會忘記那時候的他們是那麼天眞又愚蠢，只能眼睜睜看著悲劇的發生。

他說過要保護她的……

他說過她害怕時要尖叫出來，然後他就會……

就會如何？他終究還是什麼也做不到，只能看著她消失在眼前，憎恨自己的無能爲力。

青年喉嚨發澀，薄薄的唇抿成了一條直線。他飛快閉了下眼再睜開，讓自己從過於殘酷的血色回憶裡掙脫出來。

他只需要想著她綻放在臉上的小小笑靨，想著那雙又圓又黑、彷彿會說話的眸子，想著她全然信賴地牽住自己的手。

七年的時間說長不長、說短不短，可以讓一個人的思念成災，也可以讓一個默默無聞的祛鬼師再不復當年的弱小。

他有了力量，而現在還出現了轉機。

那個不知身分與來歷的守樹人派了一隻小妖怪來傳話，問他想不想讓她提早甦醒。

他怎會不想？他想了整整七年。

青年做了個深呼吸，慢慢將手指一根根鬆開，不再緊握成拳，那些起伏的心緒也被他壓了下來。

有著棕紅色背羽的鳥兒在青年頭頂盤旋了數分鐘，見他遲遲沒有動作，反倒像根柱子般佇在原地，忍不住出聲催促。

「臭老頭，你拖拖拉拉的做什麼?還不快走!」

「閉嘴。」青年給出簡短的兩個字，掃向對方的眼神卻是陰沉又冷厲。

鳥兒覺得自己的羽毛又要蓬得豎起來了，牠為自己的反應感到惱怒地嘎嘎兩聲，揮動著翅膀往前飛。

槐山小路很安靜，青年上山的腳步聲也很小，只剩鳥兒振翅的聲音清晰地迴盪在林間。

一人一鳥來到槐山中段時，兩側的槐樹上開始出現一盞盞紅燈籠，那些朦朧的紅光除了照亮了幽暗的山路，也將青年的髮色映襯得像是血般鮮艷。

山路漫長，石板一階階往上延伸，若是一般人，走著走著，都會不由得產生永遠走不到盡頭的錯覺。

但是錯覺終究只是錯覺。

紅髮青年仍是踏上了最後一階石板，月光照耀下，從眼前延展出去的是一塊略顯平坦的空地，綠草鋪滿地面，一棵棵槐樹則是呈圓環狀地將這塊地包圍起來。而在空地中央，是一棵比其他樹木高大不知多少倍的古老槐樹。

當那棵參天大樹映入眼裡，青年幾乎是控制不住地就要往它走去，甚至顧不上這個地方根本不見鳥兒所說的守樹人身影。

然而從樹後飄出的裊裊白煙卻釘住了他的步伐。

那些煙氣一絲絲、一縷縷，細長又蜿蜒地迴繞在周遭，緊隨在後的則是一道緩緩步出的身影。

那人手執菸管，長髮在腦後盤成髻，風韻猶存的嫵媚臉孔與紅髮青年記憶裡的一模一樣，時間並沒有在上頭留下任何痕跡。

但是，爲什麼本應待在綠野村的師婆兼守墓人，會出現在這裡？

「堇姨。」他吃驚地低喊一聲。

「第一次見面，左家小子。」被喊作堇姨的女人朝他輕點了下頭。

紅髮青年，也就是左易，忍不住爲這句話而皺眉，他與對方並非初次見面。

「妳是誰？」他眯起眼，仔細審視起那名將長髮盤成髻的女人，不是人類，但也感受不到任何污穢之氣，乾淨得就像身旁的古老槐樹……

這個認知讓左易心裡一凜。

「我是守樹人。」女人倚著槐樹，慢條斯理抽了口菸，再吐出一個輕飄飄的煙圈，「二十年前，我的主人用槐樹枝製作了一根菸管，將部分力量封在裡頭。她交代岳堇，如果有一天她的兒女被槐樹承認血脈，就將我送回來。要守護這裡，有個人類的模樣總是比較方便，所以我就借用了岳堇的形貌。」

女人這段話明顯說明了她是由寄宿在菸管中的靈力所化，只是句裡三番兩次出現的人名卻是左易所陌生的。

但很快地，他就意識過來這其實是堇姨的本名，只是他們以前在綠野村總是堇姨、堇姨地喊，也就沒想過去詢問她的名字。

那女人不只外貌與堇姨一樣，就連慵懶冷淡的語氣與做派都如出一轍。

「不過，爲了方便起見，你還是喊我堇姨吧。」女人轉了下菸管，就此打住稱呼問題。

左易點點頭，瞥了眼還在周邊飛來飛去的鳥兒，又將視線移回到守樹人身上，低啞著聲音問出了他牽掛七年的那件事。

「妳可以……讓小不點提早醒來嗎？」

「我不行。」守樹人悠悠說道，「但是你們可以。」

「你們是誰？」疑惑只是瞬間，左易反應很快，一下子就理解到句子裡的複數人稱是指誰了，「我跟那隻鳥嗎？」

他的聲音還是一貫地低滑悅耳，卻也毫不掩飾其中的嫌惡。

被點名的鳥兒則是被他的語氣氣得瞪大了眼，張嘴就想罵人，偏偏又顧慮著那柄曾讓牠吃過大虧的法器，最後只好訕訕地飛到一邊，至少來個眼不見爲淨。

「不只小橘。」守樹人一手將菸管湊到嘴邊吸了一口，一手敲了敲槐樹幹，就見一團毛茸茸的東西突然從天而降，準之又準地落到了她攤開的掌心裡。

那是一隻和小橘差不多大的鳥兒，一樣有著黑色的眼紋，只是身體上半部的羽毛是灰色的，下半部的羽毛則是淡淡的白色。牠迷迷糊糊地仰起腦袋，看了看守樹人。

「姨，天亮了嗎？」小女孩般、有些奶聲奶氣的聲音從牠嘴裡吐了出來。

「是天黑了。」守樹人似笑非笑地噴了牠一口煙，看牠用兩隻小翅膀捂住腦袋，才轉頭對左易說道，「介紹一下，這是釉釉與小橘，他們都是食夢鳥的幼鳥。」

「食夢鳥？」左易打量那隻圓滾滾如同灰白糰子般的鳥兒，眼露疑惑，「不曾聽過。」

「小孩子沒聽過很正常。」守樹人不以爲意地道。

都二十三歲的人了還被稱作小孩子，左易眼角不禁抽了抽。

但眼前女人所借用的外貌是綠野村倍受崇敬的守墓人，而眞實身分則是那棵古老槐樹的分枝，在對方眼中，他的確只是個孩子。

「食夢鳥，古名伯奇，有著伯勞鳥的外形，可以引人入夢，也可以吃掉惡夢，是一種罕見又弱小的妖怪。」守樹人將釉釉挪到肩膀上，手指有一下沒一下地順著牠的羽毛。

「啊，的確很弱。」左易嘲諷地睨了小橘一眼。

「就是因爲他們太弱了，容易被其他妖怪捕食，數量才會越來越少。」守樹人接口道。

「不要一直在那邊很弱很弱地說，當事者可是在這裡啊！」小橘氣惱地從樹枝上飛下來，選了釉釉所在的守樹人右側肩膀當作停駐點，好讓自己可以更近地惡狠狠瞪著左易。

「不對喔，小橘。」釉釉認眞糾正，「我們還無法變作人形，所以是當事鳥才對。」

小橘張嘴想說什麼，但一對上釉釉嬌憨的眼神，滿肚子的怒氣剎那間就像冰塊遇到火，一下子融得一乾二淨。

牠往釉釉又湊得更近些，兩隻毛茸茸的鳥兒單腳站立地挨在一塊，彷彿兩個小毛球，很是可愛。

只是在場的兩人並沒有心思去欣賞。

「小橘和釉釉是僅存的幼鳥，逃命時剛好逃到了槐山來。」守樹人輕描淡寫地略過了她出手殺掉追捕者的事，「看起來能派上用場，我就讓他們留下了。」

「妳說他們可以吃掉惡夢。」左易梳理著他至今爲止所獲得的線索，一個猜測在心裡隱隱成形，「小不點還無法醒來的原因，跟她的惡夢有關？」

守樹人的眼神給出了答案。

「我須要做什麼？」沒有猶豫、沒有困惑，甚至連追問一句「爲什麼找我來」也沒有，左易直截了當地表明態度。

「你要做的事很簡單。」守樹人徐徐抽了一口菸，裊裊白煙讓她的面容看起來有些模糊，「現在，睡覺，小橘跟釉釉會將你與小蘿的夢聯繫在一起。惡夢困住了她，讓她無法掌握力量，只要驅逐了她的惡夢，就能讓她順利掌握力量，從槐樹裡甦醒過來。」

「那很好。」左易點點頭，這樣的結果正是他所渴求的。

他在槐樹前挑了個位置坐下來，背抵著粗糙的樹幹，在閉上眼睛之前，不忘多問一句。

「在小不點的夢裡，要注意什麼事嗎？」

「要注意的事可多了。」守樹人意味深長地說，「不過你別擔心，我也會在小蘿的夢中出現。」

第一章

車聲、人們聊天的聲音交織在一塊，雖然模模糊糊的，讓人聽不清詳細的內容，但這些聲音還是鑽進了耳朵裡，形成一道略顯嘈雜的曲子。

左易眉頭緊皺，他的生理時鐘告訴他起床的時間還沒到，然而本能卻在大聲警告。

他猛地從床上坐起，一雙睜開的眼清明得就像是睡意從不存在，只除了他的臉色難看得厲害。

「早安啊，左家小子。」低啞中透著冷淡的嗓音在房間裡響了起來。

左易順著聲源轉過頭的同時，右手也迅速往枕頭下摸去，卻是空無一物——他平素放在枕頭下的法器失去了蹤影。

不過在看清楚說話的人是誰之後，左易眼裡的警戒也褪得差不多了。

「早安，堇姨。」他沒有詢問倚在窗邊的女人爲何會突然出現在房間裡，只是客氣地回了一句。

可是一開口，左易就驚覺了不對勁。他的聲音太過年幼，那是連變聲期都沒有經歷過的稚氣與青澀。

他反射性看了下雙手，掌心細滑，指間沒有硬繭，看起來就像是小孩子的手。

這個念頭讓他一把掀開被子跳下床，飛快低下頭，打量起自己的身形，細胳膊細腿的，再加上此時的視線高度……

「我現在幾歲？」左易臉色變得更陰沉了，就算眼前的女性是身分特殊的守樹人，但任誰一起床發現自己身高突然縮小，都很難開心得起來。

「十歲。」守樹人彎了彎紅唇，突地從懷裡掏出兩個東西往左易拋去。

左易反射性接下，這才發現是一面小鏡子和一個鞭柄狀的法器，與他平時用的法器有些相似。

「現實世界的東西是進不來夢裡的，我給你做了一個新的預防萬一。」守樹人慢悠悠地解釋。

「謝謝。」左易收起法器，舉高鏡子，仔細看了看自己此時的模樣。

鏡子裡的小男孩五官俊秀，一頭鮮艷的紅髮襯得膚色特別白，當他皺起眉頭、抿著嘴唇時，臉龐的線條會顯得比較鋒利，給人難以相處的感覺。

「這也是注意事項嗎？」左易確認地問道。

「不。」守樹人很乾脆地否定了，「只是我想這麼做而已，所以才將你的年齡做了調整。在這個夢裡，小蘿會認爲她認識的你才十歲。」

「爲什麼？」左易眉頭一時難以鬆開。

「這樣才沒有犯罪感。」守樹人的語氣雖然是懶洋洋的，但眼裡並不帶半絲開玩笑的成分，「我可不想在夢中世界裡還得因爲良心過不去而打電話報警。」

左易繃著臉，一點兒也不想回應這個話題，他只是飛快環視了房間一圈。

米色調的牆壁、簡約風的擺設，這裡並不是他記憶中的住所，但轉念一想，既然自己的年齡都可以被改變，房間變得不一樣也就不那麼讓人意外了。

「更何況……」

守樹人飽含深意的低啞聲音將左易的注意力拉了回來。

「這個夢還是有小蘿的家人存在。」

「夏春秋那個小矮子也來了？」左易往後一退，坐在床沿。

「他沒有。」守樹人走到書桌前，拉出椅子，將其轉過來，正對著左易坐下，「在這個夢境裡，只有我跟你，還有小橘、釉釉才是外來者，你接下來遇到的其他人都是夢中的產物。大部分人是無中生有的，畢竟是夢，有時候你會夢到什麼你自己都不知道，不過有些特定人物的出現，則是小蘿的思念所產生出來的。」

「那些人……原本也有我嗎？」左易想讓自己的語氣顯得很自然，但微微繃緊的尾音卻洩露了他的心事。

守樹人似笑非笑地看了他一眼。

左易雖然面不改色地回視，其實一顆心已懸在了喉嚨口。他知道問出這個問題有點傻，但只要一扯上那個黑髮白膚的小女孩，他就會變得在意這、在意那的。

守樹人慢條斯理地摩挲著菸管上的紋路，直到左易擱在大腿上的手指都忍不住攥起來，她才慢吞吞地開口。

「當然有。」

簡簡單單的三個字，卻讓左易的肩膀放鬆了。他這時才發現自己在等待答案揭曉前都是屏著氣的，現在才感受到氧氣重新流進肺部裡。

「廢話就不多說了。」守樹人用菸管輕輕敲著手心，「我來跟你介紹一下這裡的狀況吧，你與左容住在一塊，隔壁是我和阿藍，再隔壁則是舒雁他們一家，其他幾個孩子則是住在樓下或樓上。」

「果然很有小不點的風格。」左易眼神柔軟。夏蘿曾跟他提過，她希望喜歡的人、重要的人都可以住得很近很近。

「她是個好孩子。」守樹人的表情也溫和了許多，「所以我才不希望她沉睡太久，畢竟，夢終究是夢。」

就算夢裡有關心夏蘿的人們，但他們只是思念體的產物，而不是眞實。

「堇姨。」左易看著姿態優雅、端坐在椅子上的女人，斟酌了一會兒，還是決定問出心裡的疑惑，「如果妳也可以進入小不點的夢裡，不能由妳來幫她打倒惡夢嗎？」

比起等上七年才讓那隻小妖怪來尋他，這個方法更有效率，不是嗎？

「我不行。」守樹人眉宇罕見地染上一抹鬱鬱，嘆息般地說道：「我的力量來自槐樹，製造出這個夢中世界的力量也來自槐樹，我們本是同源，所以我無法干涉這裡太多。」

正因爲守樹人無法出手，她只能日復一日地等待、守護。

直到她遇上了逃到槐山的小橘與釉釉。

直到她從某一年前來探望夏蘿的左容嘴裡，獲知了左易的狀況。

力量強大的祛鬼師、可以引人入夢的食夢鳥，於是，一個計畫在心中成形。

雖然已經從守樹人那邊獲得了夢中世界的相關訊息，但當左易面對隔壁那扇標示著401

數字的墨綠色大門時，心跳的聲音還是大得讓他想把心臟捂起來。

就算是成爲祛鬼師，接下第一個任務時，都不曾有過這樣的緊張感與心慌意亂。

他看著位置高出自己一小截的電鈴，伸出手，手指就懸停在那個小小的按鈕前，卻猶豫著要不要按下去。

左易都忍不住要嘲笑起自己的優柔寡斷了。

他飛快掐斷徘徊在心裡的猶豫不決，食指往下一按，悠揚的電鈴聲頓時迴響在水泥色的走廊裡。

很快地，一陣啪嗒啪嗒的腳步聲由遠而近地傳來，最末在門後停下。在一道喀的聲音後，緊接著是數秒鐘的安靜。

左易暗暗深呼吸一口氣，心跳的速度隨著墨綠色大門的開啓而逐漸加快，甚至讓他產生了要跳出喉嚨的錯覺。

他張著嘴，曾經在心底轉過的很多很多話語，到了這個當頭竟是一個字都吐不出來，統統停在舌尖上。

出來應門的是一名黑髮長及後背、膚色雪白的小女孩，看似無表情的小臉蛋上鑲著一雙烏黑大眼。在瞧見門外的左易時，那雙眸子頓地亮了起來，好似有星星落在裡頭。

「小易早安。」她很有禮貌地先問候一聲。

「小不點……」左易的聲音輕得快要散逸在空氣中，他眼眶發酸，喉嚨如同被一隻無形的手掐住，從牙關擠出來的聲音都變得又澀又啞，「小不點……」

「夏蘿不小，夏蘿明明跟小易差不多高的。」夏蘿爲了表示話中的眞實性，還特地舉起小手，在自己與左易之間比劃了下。

左易囁嚅，夏蘿想聽個眞切而往前湊近了些，下一秒卻發現她猛然落進一個暖呼呼的懷抱裡。

有著艷紅髮色的小男孩將臉埋進夏蘿的頸窩，雙手交叉環住她單薄的背部，他抱得是那麼地用力，好似不這樣做，她下一秒就會從他手中消失。

夏蘿吃驚地瞪圓了眸子，既擔心左易是不是發生了什麼事，又對於這個過度親暱的舉動有些不知所措。

但在察覺到落在頸側肌膚上的點點濕意後，她頓時安靜了下來，任憑左易以要勒痛人的力道將她緊緊摟住。

「妳在這裡……妳好好的、妳沒有事……」

左易的聲音被悶住了，聽起來有些模糊，但夏蘿還是聽到了他說來說去的就是這幾句。

她的心沒來由地泛起酸酸的感覺，想要抬起手摸摸他的頭，卻因爲被抱得太緊了而無法動彈。她不想掙出對方的懷抱，於是也一遍又一遍地在左易耳邊低語。

「不怕不怕，夏蘿在這裡。」

她的聲音是那麼地軟、那麼地輕，如同細雨潤無聲，讓左易緊繃的身子不知不覺放鬆了下來。

「妳這個笨蛋小不點。」他吸了下鼻子，仍舊維持原來的姿勢，不想讓自己有些泛紅的眼角被看見，「怎麼可以不問一聲就開門呢？妳不怕被壞人抓走嗎？」

「夏蘿有先看貓眼。」黑髮白膚的小女孩細聲細氣地說。

「妳那麼矮，看得到嗎？」左易很是懷疑，隨即他眼角餘光瞄到了放在門邊的小凳子。聯想到先前聽到的喀一聲，腦海裡頓時浮現出夏蘿踩在上頭、努力踮起腳尖往貓眼看的模樣，唇角忍不住翹了一下。

而夏蘿給的答案正如他所猜測一般。

「有椅子。」

似乎是覺得只說出這三個字等於變相承認自己很矮，她忙不迭又補充了一句。

「夏蘿以後會長高的，會像哥哥一樣，長很高很高的。」

那傢伙根本沒長高多少，比左容還矮。左易暗暗嘀咕，可不想因爲實話實說就讓夏蘿的心思全部轉移到夏春秋身上。

他埋在夏蘿頸窩好一會兒才終於抬起頭，但雙手仍環抱住夏蘿的背，捨不得鬆開她。

兩個小孩子抱在一起的畫面若是被夏舒雁以外的大人們看到，或許會覺得他們就像對青梅竹馬般，又萌又可愛，但落在剛從客廳裡轉出來的小橘眼中，只覺得左易環住夏蘿的那兩隻手根本刺眼得緊。

「臭老頭！你他媽的想對媽媽做什麼？還不放開她！」牠急吼吼地朝門口飛過來，尾羽完全張開。

「你喊小不點什麼？」左易表情瞬間陰沉下來，如箭的凌厲目光狠狠射向小橘。

如果眼神可以實體化，一人一鳥都不知在彼此身上扎出多少洞了。

「不可以說髒話。」夏蘿從左易懷抱退出來，一雙黑澈的眸子裡寫滿不贊同。

「但是，媽媽……」小橘前衝的勢頭被迫一頓，只能拍著翅膀停在半空中。

「不可以。」夏蘿沉靜地又重複了一次。

「是的，媽媽。」小橘悶悶地撲搧著翅膀，停到鞋櫃上，趁夏蘿不注意，恨恨地往左易甩了個眼刀子。

偏偏被牠視若眼中釘的紅髮男孩卻回了牠一個更加可怖的眼神，壓迫得牠渾身的羽毛都要蓬起來了。

「小易也不可以欺負小橘。」夏蘿又轉過頭，小臉嚴肅，儼然一副小大人的姿態。

「別擔心，他弱得不值得欺負。」左易的視線漫不經心地掠過小橘身上，在轉向夏蘿時，眼裡的戾氣頓地褪得一乾二淨，只餘如冬日陽光般的溫暖。

再次被鳥身攻擊的小橘氣得嘎嘎叫了兩聲。

「那隻鳥是怎麼回事，為什麼喊妳媽媽？」左易在說出最後兩字時，有些咬牙切齒的味道。

「是堇姨送給夏蘿的，堇姨說他們沒有了媽媽，問夏蘿願不願意當他們的媽媽，照顧他們。」黑髮白膚的小女孩在鞋櫃前蹲下來，打開櫃門拿出室內拖鞋。

左易穿上室內拖鞋，看著走在前方的嬌小背影，在心中嘆了口氣。

他的小不點心軟又善良，守樹人交付給她的那兩隻小妖怪又與她有著相似的遭遇，自然會毫不猶豫地應允下來。

但一想到才十歲的夏蘿被左一聲、右一聲地喊媽媽，左易的神色就有些扭曲，忍不住懷疑起這根本是守樹人的惡趣味。

約莫七、八坪大的客廳充滿著濃濃的生活氣息，有些東西雖然被散亂地放著，但並不會讓人覺得邋遢凌亂，從窗外斜射進來的陽光將地板映得亮晶晶。

左易隨意挑了個位子坐下，注意到茶几上放著一台筆電，螢幕上正閃爍著保護程式，而公寓裡很是安靜，沒有聽見第三人的聲音。

夏蘿三步併作兩步地走到飲水機前倒了一杯水，又小心翼翼地端著杯子走到左易身前，卻發現紅髮小男孩正若有所思地盯著她不放。

「小易？」她也直勾勾地望回去。

左易知道自己就是小心眼，但他還是忍不住脫口而出，「妳還那麼小，不是應該當他們的姊姊嗎？」

「咦？不能當媽媽嗎？」夏蘿端著杯子，微微睜大了眼，有些緊張地問道，似乎很擔心自己對小橘牠們的照顧沒有達到標準。

「不，當然可以。」被那雙水潤潤的大眼睛直瞅著不放，左易口氣不由得軟了下來，「等妳長大結婚後就能……」

尾隨在後的小橘怎麼聽就是覺得這段對話讓牠渾身不對勁，想要張口喝止左易，一道嬌嬌糯糯的聲音卻是比牠先一步截斷兩人間的對話。

「天亮了嗎？要出門野餐了嗎？」

只見一團灰白色的毛球從夏蘿頭上冒出來，轉著小腦袋左右張望了下。

左易先前滿心滿眼都只有黑髮白膚的小女孩，根本沒有留意到有團毛茸茸的東西就窩在夏蘿頭頂上，這時才想起食夢鳥是有兩隻的。

「野餐！」反倒是夏蘿輕呼一聲，將杯子輕輕放到桌上，踩著拖鞋又啪嗒啪嗒地進了廚房。

野餐？左易眼裡閃過一絲疑惑，但沒有出聲詢問，他猜測那或許是夢中世界的左易與夏蘿所做的約定。

「媽媽等我，我來幫妳。」懸著的一顆心終於落了下來，小橘拍拍翅膀也想跟過去，卻冷不防教人一把捉住，牠扭頭一看，怒火頓地又蹭蹭蹭地竄出。

「臭老頭，你做什麼！」

小橘的口氣稱不上友善，左易的臉色則是難看又陰沉。

「不許喊小不點媽媽。」

「為什麼？」小橘不滿嚷道。

「因為我不想要你這種兒子。」左易冷冷地說。

「我也不想要叫你爸爸！」小橘的反駁一出口，才意識到自己該糾結的根本不是這件事，而是……

「你你你……你這個人類怎麼這麼不要臉！媽媽才十歲，你可是二十三歲了！」

「那是夢裡的模樣，她現在已經十六歲了。」先前還在說夏蘿年紀小的紅髮男孩轉眼間推翻了這說法。

那副不容置疑的態度讓小橘氣結，掙扎得更厲害了，無奈就是撲騰不出對方的手掌心。

「媽媽……」牠正準備朝廚房裡的人大聲求救，左易已俐落地用食指與拇指箝住牠的嘴。

「我對伯勞鳥這種生物雖然沒什麼研究，」左易慢條斯理地開口，那張俊秀小臉透著稚氣，然而眼神卻是不符年齡的險惡，「但我至少知道，牠們是可以烤來吃的。」

若不是鳥喙被箝住，小橘定是會響亮地倒抽一口氣，然後再豁出去地啄他個七、八洞。

妖怪也是有妖怪的尊嚴的！

「小易，夏蘿準備好了。」

軟軟的聲音就像是個開關，左易的戾氣瞬間消失了，他隨手把小橘一丟，也不管牠罵罵咧咧的，站起身來往廚房門口走去。

一看見小女孩手裡的野餐籃，他的眉頭不禁擰起。那個籃子看起來太沉了，沉得必須要用兩隻手才能提起來。

而且因爲野餐籃的重量，那兩條細白的小胳臂還被拉出緊繃的線條。

「給我。」左易自然而然地將野餐籃接過來。他的個子雖然變小了，但力氣怎麼說都比夏蘿來得大，「妳去拿帽子，外面的太陽很大，別把自己曬傷了。」

夏蘿點點頭，回了房間拿好自己的草帽後，又在左易費解的視線中走進另一間房。很快地，她這麼做的謎底就揭曉了，再次回到左易視線範圍裡的夏蘿，手裡拿著第二頂帽子。

「這是哥哥的，先借給小易，這樣你也不會曬傷了。」

由於左易提著野餐籃，夏蘿主動替他戴好帽子，還悉心替他調整好帽簷，並且撥開了垂到眼前的劉海。

左易突然有些慶幸帽簷的陰影遮住了眼睛，這樣夏蘿就不會察覺他微微泛紅的眼角。

夏蘿也準備戴上自己的大草帽時，小橘拍著翅膀，以曲折的飛行路線繞過左易，往夏蘿頭頂看了看，發現釉釉並不在上頭。

「媽媽，釉釉呢？」

「在口袋。」夏蘿細白的手指輕輕撫過鼓鼓的外套口袋，灰白色的小鳥兒把頭埋進背部的羽毛內，在裡頭睡得正香。

小橘提防地瞄了眼左易，見對方似乎沉浸在一股莫名的情緒中，沒有聽見方才的稱呼，牠也就心安理得地停降在夏蘿的肩膀上。

那裡可是牠的特等席呢。

野餐地點就位在離公寓不遠的市立公園，那裡不僅佔地寬廣，還充滿了綠意，隨處可見枝葉繁茂的樹木。大片大片的樹蔭遮擋了亮晃晃的陽光，也降低了熱度。

而中央處的大草皮每隔一段距離就有一張野餐墊，充滿活力的聊天聲、嬉笑聲交織在一起，由於植物可以稍微阻擋聲音的傳遞，即使已匯集了不少人，也不會顯得過分吵鬧。

左易一手拿著野餐籃，一手牽著夏蘿，沿著環繞草皮的公園步道往裡走，還眞的讓他們找到一處較爲安靜的地方。

雖然還是可以看到四、五個在這邊野餐的小團體，不過他們分得極散，反倒讓人感到舒心。

他們在一棵樹冠呈傘蓋狀、枝葉又濃密的大樹下鋪好野餐墊，將放在籃子裡的便當盒一個一個擺出來。

在綠野村時，左易就曾聽夏蘿提過她的小姑姑廚藝很好很好，但對方給他的印象大都停留在很會喝酒、擅長拖稿、清掃能力不足等字眼，因此倒沒有把這件事眞的放在心上。

直到現在。

便當盒裡裝著做成各式小動物造形的飯糰、雕成小章魚與向日葵狀的香腸、煎得嫩嫩的蛋捲、外皮酥脆金黃的炸雞，還有夾層配色豐富的三明治、挖成一口大小的水果球，食物的分量別說是兩人份了，四、五個人吃都還綽綽有餘。

看著過分可愛的便當，左易第一次深刻體會到，總是給人大剌剌感覺的夏舒雁，竟眞的擁有一身好廚藝。

夏蘿的小臉蛋雖然沒有明顯的情緒波瀾，但烏黑的眸子亮晶晶的，如同在等待左易出聲讚美夏舒雁的手藝。

重要的家人如果被稱讚，夏蘿就會感到很開心。

左易的目光流連在繽紛的食物上，眼尖地注意到一部分的小熊飯糰有些歪歪扭扭，海苔做成的嘴巴、眼睛也貼歪了，配上旁邊的紅蘿蔔絲，看起來就像是發生在便當盒裡的命案現場。

「妳也有幫忙嗎，小不點？」他將裝有小熊飯糰的便當盒擱到大腿上，饒有興味地觀察夏蘿的反應。

「有。」夏蘿挺著小胸膛，努力維持面無表情的模樣，可是耳朵尖還是悄悄地紅了。

「哪些是妳做的？」左易的唇角翹了下。

紅暈從夏蘿的耳朵蔓延到臉頰，白淨的小臉蛋撲上兩朵紅雲，粉嫩得讓人想咬上一口。

「那些。」雖然她害羞得小臉都板了起來，但手指還是堅定地比向賣相不太好看的小熊飯糰。

「臭老頭，不許挑剔媽媽的手藝！你不吃的話，我跟釉釉吃！」小橘以為左易是在故意找麻煩，振翅飛到便當盒邊，一站穩就快速地低下頭，啄了小熊飯糰一口。

然後五根手指迅雷不及掩耳地圈住小橘的脖子，將牠高高提起。

「你就眞的那麼想當烤小鳥嗎？」帽簷下的眼睛閃爍著金屬般的凶狠光芒，刻意放低的陰狠嗓音僅有小橘聽到。

「嗯？嗯？剛剛有人叫我嗎？」總是給人慢半拍感覺的釉釉從夏蘿口袋裡探出頭來，迷迷糊糊地問，「媽媽，是妳嗎？」

「不是。」夏蘿一邊回應釉釉，一邊注意著對邊的狀況。

「是爸爸嗎？」釉釉又問。

這個稱呼如同在平地炸出一聲雷，讓正在對峙中的一人一鳥都呆住了。

左易的嘴巴張了又闔，罕見地體會了一把瞠目結舌的感覺，原先箝著小橘脖子的手指也在不知不覺間鬆開。

重獲自由的小橘根本忘了拍動翅膀，反而咕咚一聲落在野餐墊上，像是中了石化術般，全身僵硬。

就連夏蘿的臉蛋都瞬間成了一顆紅蘋果，烏黑的眼睛睜得大大的，不知所措。

「不是媽媽，也不是爸爸。」釉釉看了在場兩人的反應，做出了修正，「那就不是有人在叫我，是有鳥在叫我才對。」

灰白色的鳥兒渾然沒有意識到自己的無心之言造成多大的殺傷力，慢悠悠地飛到夏蘿的頭頂上，舒舒服服地窩成一團。

「釉釉，那是臭老頭！才不是爸爸！」小橘幾乎是在尖叫了。

「可是……」釉釉看起來很困惑，「他跟媽媽牽手，他還抱了媽媽，所以不是應該要喊他爸爸嗎？」

「以後跟媽媽結婚的人才是爸爸，他只是姨找來的……」小橘一邊大聲解釋，一邊撲搧著翅膀想要飛到夏蘿的肩膀上，卻被左易一把捉住，連鳥喙都被壓得緊緊的。

夏蘿沒有聽清楚小橘最後一句在喊些什麼，結婚這個話題對現在的她來說實在是太過了，她整個人都有些懵懵的。

「夏蘿、夏蘿要去廁所。」黑髮白膚但小臉紅通通的小女孩倏地站起來，小跑步離開時還不忘扶了下頭頂上的釉釉，以免牠掉下來。

左易含糊地應了聲，將帽簷拉得更低了。

由於小橘此時正被他捏在掌心，從這個角度讓牠清楚看到那名五官俊俏的小男孩竟然同樣漲紅了臉。

純情得讓鳥無法將他與小巷裡那個傲慢又冷酷的身影疊合起來。

第二章

市立公園的廁所離草坪區不算遠，乾淨的藍頂白牆建築物就座落在夏蘿眼前，但她卻從旁邊繞過去，沒有進到裡頭。

要去上廁所不過是夏蘿慌張之下說出來的，她也不知道自己爲什麼要跑開，也許是因爲身體的溫度驟然升高，燒得腦袋暈乎乎的，有些不能思考，這導致她連東南西北都沒有注意，只是一個勁地悶頭跑著。

窩在夏蘿腦袋上的釉釉努力伸長脖子，像個小警報器一樣，一瞧見前方道路不平坦或是有障礙物，就忙不迭用糯糯的聲音提醒。

「媽媽，小心石頭。」

「媽媽，小心階梯。」

「媽媽，前面有水池！」

這句警示拔得特別高，夏蘿急忙煞住腳步，慣性作用讓她的身子還是忍不住往前一傾，幸好她及時捉住了釉釉，那隻圓滾滾的灰白色鳥兒才沒有滾落下來。

她小心翼翼地將釉釉重新扶好，讓牠穩穩地待在頭頂上，同時穩住心神，看了看自己究竟跑到什麼地方。

離她腳尖幾步遠的前方有一座大大的水池，沒有加裝圍欄，僅是用一顆顆石頭圍在池邊。層層疊疊、深綠色的圓形葉子探出水面，點綴在其中的是一朵朵碗大的荷花，粉白色的花瓣嬌嫩得像是會滴出水。

然後，夏蘿聽見了水聲。

一開始她以爲是水池裡有小魚在撲騰，才會製造出那些嘩啦啦的水聲，可是那聲音實在太激烈了，甚至隱約夾雜著一絲驚慌的呼救。

「救……救命！」

那是小孩子的聲音，聽起來甚至比自己還要小！夏蘿一驚，急忙跑上前，想要更清楚地將池面上的景象盡收眼底。

嘩啦啦……咕嚕嚕……

兩種聲音交錯響起，在荷花分布得較稀疏的池子中央，有一隻小小的手正不斷地掙扎揮動，水花四濺。黑色的頭髮一下飄散在水面上，一下又浸入了水裡。

夏蘿焦急地環視周遭一圈，想要尋找可以求助的對象，然而放眼所見皆空蕩蕩的，不見任何人影，這裡安靜得像是只剩下水聲。

草坪區那邊的歡聲笑語如同被罩上一層隔音紗，聽不真切。

「咕嚕……救命……」

呼救的聲音越來越小，就連原本激烈的水聲也緩了下來，翻騰的水花變作微弱漣漪，那隻小手逐漸沉下去了。

夏蘿又驚又急，人命關天的狀態下，她也來不及深思怎麼會沒有大人陪在這個孩子的身邊，滿腦子只想著先把人救上來。

她一邊用盡力氣喊著「救命！有人掉進水裡了！」，一邊跑向立在水池邊的告示牌，上頭清楚標示了池子的水深。

夏蘿暗暗評估了下池子深度，還不到她的胸口，她當下毫不猶豫地脫掉鞋子，赤著腳踩進了水裡。

水池呈下凹式的，旁邊淺、中間深，底部鋪滿柔軟的淤泥，也許是哪個小孩子以爲這座水池並不深，貪玩地往前走，結果不小心踩進深處，來不及反應過來，反而被池水漫過了頭頂。

「釉釉。」夏蘿低喊一聲。

「好的，媽媽。」釉釉心領神會，立即撲搧著翅膀飛到那隻還在拚命掙扎的小手上方，好充當夏蘿在荷葉叢中辨認位置的標的物。

淤泥軟爛又冰涼，每走一步都會踩下深深的腳印子，夏蘿提著裙襬，奮力穿梭在荷葉與荷花之間。

她抬頭覷了下釉釉的位置，雙方距離已越來越近，從她這個方向可以看見池面上現在只剩下一截白白的手指在徒勞地揮動。

夏蘿心臟重重一跳，拚了命地伸長手，在那孩子的指尖完全沒入水裡之際，她終於捉住對方的手腕。

懸在嗓子眼的心稍稍落下，夏蘿屏氣想要拉起那個溺水的孩子，卻發現另一隻柔若無骨的小手纏了上來。

她以爲那是對方想要試圖藉力撐起身子，卻駭然發現還有第三隻、第四隻手也在拉扯著她的手臂。

那些手指是那麼柔軟、細小，卻又強韌得扯不下來，好似海葵的觸手，一旦捉到獵物就再也不放開。

「媽媽！」釉釉發出了驚慌的叫聲，「手……有好多手！」

徘徊在半空中的牠可以清楚看到夏蘿前後左右出現了一隻隻的手，但是，就只是手，並沒有連結著身體，彷彿它們都是獨立的個體，自主行動。

蒼白手指搖曳，混著粉嫩的荷花，甚至給人這座水池開滿了花的錯覺。

那些手不僅纏著夏蘿的手臂，還抓住她的洋裝、她的小腿，她被那些力道扯得往前彎下了腰，烏黑的長髮垂落在水面，下一秒就被另一隻手扯住，竟是要硬生生將她拉進水裡。

「放開媽媽！快點放開！」釉釉不斷啄著那些手，明明鳥喙碰到的是有彈性的肌膚，還用力地啄進肉裡，卻沒有半滴血珠子出現。

牠慌得全身發抖，但仍不放棄地用嘴啄住一根手指，想要把它用力扯開。

「釉釉，離開，找小易！」夏蘿掙扎著想要抬起頭，可是池水竟在不知不覺間淹過了她的下巴，尾音變作狼狽的嗆咳聲。

「不行、不行，我不走的！」釉釉的聲音聽起來快要哭了。

牠鬆開那根手指頭，在夏蘿即將滅頂時，以最快速度飛去，緊緊叼住一縷髮絲，隨著她一塊沉進了水裡。

嘩啦啦……荷花池翻湧出一陣小小水花，但很快又歸於平靜。

當攪得渾濁的池水回復清澈後，可以清楚看見水裡分枝眾多的根狀莖，但是沒有夏蘿，沒有籼籼。

一人一鳥就像徹底消失了，只剩下池邊的小鞋子證明夏蘿曾經造訪。

十五分鐘過去了。

左易看著手機螢幕上顯示的時間，臉部線條不自覺越繃越緊。

他既掛心夏蘿是不是出了什麼事，否則為什麼到現在都沒看見那抹嬌小身影回歸？又擔憂自己若是太過緊迫盯人，會不會惹得對方不開心。

也許廁所排隊的人比較多。

也許公園太大，憑小不點那雙小短腿，走回來得花上一點兒時間。

也許……

左易果決地掐斷那些沒建設性的胡思亂想，一雙狹長的眼半瞇，目光落到了小橘身上。

那隻有著紅棕色背羽的鳥兒正低著頭，左右擺動尾羽，有一下沒一下地啄著米粒——自然是先前被牠染指過的那顆小熊飯糰，其餘飯糰還好好地躺在便當盒裡。

似乎是察覺到左易的視線，小橘抬起頭，沒好氣地瞪了他一眼。

「幹什麼？」

「你顧著這裡，我要去找小不點。」左易將裝有小熊飯糰命案現場的便當盒蓋上蓋子，放進野餐籃裡，不容分說地命令道。

「你要去找媽媽？現在？」小橘吃驚問道。

左易臉色擺明了就是「同樣的話我不想說第二遍」，一骨碌地站起來，毫不猶豫地沿著夏蘿先前離開的方向走。

「喂，等等，臭老頭！」小橘看了看野餐墊，又看向自顧自走掉的紅髮小男孩，拍拍翅膀也追了上去。

「你跟上來做什麼？」左易厭煩地瞥了牠一眼。

「就只有你可以去找媽媽，我不能找釉釉嗎？」小橘哼哼兩聲，乾脆飛在左易前方，比他還要快幾秒地來到了藍頂白牆的公廁前。

看著數名不同年齡的女性正在女廁外頭排隊，小橘當下以為夏蘿還在廁所裡，就在周邊緩緩地繞著圈子，伸長頸部，尋找釉釉是否會窩在哪邊、打著瞌睡。

左易同樣看見了女廁外的隊伍，卻沒有如小橘那般下意識變得安心。有種說不清、道不明的焦慮情緒催促著他去獲得答案。

左易忽然摘下帽子，露出紅艷艷的頭髮，以及那張俊秀稚氣的臉龐。在小橘費解的注視下，他竟是光明正大地就往女廁走過去，並且對著那些排隊的女性露出了有點害羞又禮貌的微笑。

「不好意思，大姊姊們，可以讓我進去喊一下我妹妹嗎？我們要回家了，爸爸正在等她。」

左易的外表本就得天獨厚，笑起來時更是好看得讓人移不開眼。無論女性的年紀多大，他一律嘴甜地喊姊姊，自然誰也沒有攔著他，帶著縱容的眼神讓他長驅直入進到了女廁裡。

女廁內有五個隔間，每扇門都是關起的，比起一間間敲門、確認，左易選擇了最直接的方法。

「小不點，妳在裡面嗎？」

水聲、窸窸窣窣的交談聲，就是沒有夏蘿的回應。

左易唇線瞬間拉直，連微笑都懶得假裝了，三步併作兩步地走出女廁。

小橘還被先前那一幕驚得回不了神，停在洗手台上，愣愣地張著嘴，模樣活像牠剛剛被逼著吞下一大顆蛋。一見到左易出來，牠忙不迭拍著翅膀飛過去。

「我靠……你、你居然會裝乖？」牠的聲音雖然壓低，但透出了濃濃的不敢置信。

「小不點不見了。」左易簡明扼要地說，戴上帽子，隱去了「我還會把伯勞鳥串到竹籤上」的冷酷眼神。

「你說什麼？媽媽不見了！」小橘被這個消息砸得整隻鳥發懵了，連音量都忘記控制好，反射性地大叫。

小孩子的聲音又尖又亮，頓時把其他人的目光都引了過來。有幾個年長些的女子交頭接耳了幾句，竟是要往左易走去。

「蠢貨。」左易快狠準地抓住小橘，壓著牠的鳥喙，避免牠再犯蠢發出引人注目的叫聲，匆匆往外走，對於身後響起的試探性詢問置若罔聞。

他腳程快，又專往樹叢多的地方鑽，一下子便遠離了人流較多的公園步道，在一處安靜的地方停下來。

小橘被左易箝在手中，嘴巴又被緊緊壓住，這一路顛簸竟讓牠產生了暈車感。左易一鬆開手，牠就搖搖晃晃地飛降到草皮上，甩了甩頭，好似這樣做可以甩去那股不適。

「你跟另外一隻鳥，」左易雙手環胸，居高臨下地盯著小橘，「可以互相感應嗎？」

「是釉釉，叫她釉釉。」小橘就算頭還暈暈的，也不忘氣呼呼地糾正，「那麼可愛的名字，你這臭老頭居然記不住嗎？」

「告訴我。」左易的聲音嚴厲又急迫。

「當然可以，我跟釉釉是食夢鳥，我們……」小橘說著說著，也反應過來對方為何要逼問這件事，忍不住發出一記響亮的抽氣聲。

牠也不管暈車的感覺還未散去，急急忙忙飛到半空中，左右張望一圈，很快便選定了一個方向。

「這邊！」

小橘在空中領路，左易尾隨在後，一人一鳥穿過了遊戲場與音樂露台，最後止步於荷花池前。

涼風習習，荷葉搖曳，淡淡的清香夾裹其中，沁人心脾，然而誰也沒有閒情逸致去感受這個小天地的幽雅氣氛。不管是左易還是小橘，他們的目光全教池邊的一雙小鞋子釘住了。

明明頭頂上陽光熾熱，左易卻是如墜冰窖，渾身血液好似都要被凍結。

「那個、那個是不是……」小橘連話都說不利索了，牠急需一個支撐點來穩住自己，甚至沒有多加考慮就停在左易的肩膀上。

「是小不點的鞋子。」左易喃喃，竟是一個箭步往前衝，要跳進池裡搜索。

「等一下！」小橘連忙咬住他一縷紅髮，用力一扯，「釉釉的氣息在這裡消失了，媽媽一定也不在這裡。」

「你說什麼？」頭皮上傳來的刺痛讓左易頓下步子，略顯粗暴地將肩上的鳥兒捉下來。

「釉釉不會離開媽媽的。」對於自己三番兩次像顆球似地被捏在手裡，小橘已經有些麻痺，「姨有吩咐，不管出了什麼事，釉釉都必須跟在媽媽身邊，這樣如果有個萬一，才有辦法找到她。」

「你能感應她們現在在哪裡嗎？」左易按捺下焦躁，將手指鬆開些。

「不在公園了，但是在哪裡，我需要一點時間才能找得到。」小橘說完這句話後就完全安靜下來，牠的眼睛正慢慢泛出藍色幽光。

左易閉了下眼又睜開，短短時間他已將紊亂的心緒壓了下去，只留下此時此刻最需要的清明與沉著。

隨手將小橘重新擱回自己肩膀上，他彎腰拾起那雙屬於小女孩的鞋子，大步往回走。

把野餐墊與便當盒全部收進籃子裡，左易按著公園導覽圖找到了行李寄放櫃，連同夏蘿的鞋子一併放進去。

一路上，小橘一直靜悄悄的，連絲動作也沒有，站在左易的肩上就像個裝飾品，讓左易的心越發沉了。

因為這只代表一個可能，夏蘿與他們的距離太遠了，否則依方才小橘追蹤到荷花池的速度，此刻應該已經感應到些什麼。

左易知道自己不能心急，他也很妥善地用理智包裹住那股悶燒著的焦灼。他以前做得到，現在也可以處理得很好。

他神色冷靜，走路的速度不疾不緩，誰也沒有多注意這個戴著帽子的小男孩。

這樣的孩子在公園裡很常見，普通、不惹眼。

他雙手插在口袋裡，看起來就像是在從容不迫地散步。

但當小橘翅膀一振、猛地飛起來時，左易的眼神瞬間變了，變得凌厲又尖銳，如同凶獸沉寂了許久，終於相中獵物。

「找到了！」小橘高聲叫道，「往這邊！」

牠飛得急，左易也追得快，一人一鳥之間的距離僅僅幾步遠，市立公園很快就被他們拋在身後，兩側景物刷過眼角，就像在倒退似的。

這座城市對左易來說很是陌生，不熟悉的道路、不熟悉的街景，但他臉上不見緊張與不安，而是一種凜然，絕對堅定的意志。

自始至終，他都清楚明瞭自己的定位與必須做的事，為此，他甘之如飴。

「嘎嘎。」小橘嗚叫了兩聲，每當須要轉彎的時候牠都會出聲提醒。

左易毫不猶豫地腳跟一旋，隨著天空中的身影往左或往右拐。

他們從車水馬龍的大街越偏越遠，來到了一條安靜清幽的巷道裡，然後小橘的飛行速度開始減緩，連高度也在逐漸降低。

左易心中一凜，這意味著他們終於接近夏蘿與釉釉了。

小橘如同確認般地徘徊一圈，才落在門牌號碼爲6的屋子的門柱上。

那是一棟看起來再尋常不過的住宅，兩層樓高，鏤空黑鐵門，小院子裡擺了不少枝繁葉茂的盆栽，還鋪著人工草皮。玄關門與二樓窗戶都是閉闔的，不確定窗戶是否上了鎖。

左易快速檢視了下住宅環境後，一個主意已在心中成形。

「去看看二樓的窗戶有沒有鎖。」

「鎖上的話怎麼辦？」小橘狐疑地盯著他，「你該不會要我敲破玻璃吧？」

「飛上去，或是被我扔上去。」左易冷冷地說，他的右手探向外套口袋裡，讓鞭柄狀的法器露出一截。

小橘張著的嘴立即閉起，二話不說拍著翅膀往二樓飛去，透過玻璃窗瞧進了裡頭，發現窗戶的月牙鎖是往上的。

「被鎖住了。」牠對著下方的左易喊道。

左易點點頭，沒有遲疑地按下電鈴，叮咚叮咚的聲音從屋子裡傳出來，他拿下帽子，隨手塞進另一邊的外套口袋裡。

當玄關門被打開時，他的臉上再次露出會讓小橘目瞪口呆的禮貌笑容。

「不好意思，我的寵物飛到了你們家裡。」

小孩子的嗓音清亮又脆生生的，原本打算飛下來的小橘先是一頓，隨即會意地轉了方向，找了個隱蔽處藏起自己。

出來應門的是一名鬆鬆綁著長鬈髮的女人，她的劉海也很長，略顯凌亂地垂到了臉上，讓人看不清容貌，只能窺見唇角下有一顆黑痣。

「你的寵物？」長鬈髮女人在鏤空黑鐵門前停了下來，低頭看著門外的左易，她說話的語氣與一舉一動都透著一股慵懶感。

「是一隻有著黑色尾巴，背部羽毛是棕紅色的鳥。」左易舉起手比劃了下大小，形容小橘的外觀，「我看到他飛進了二樓，大姊姊，可以讓我進去找嗎？」

「二樓？」女人被他的話所引導，忍不住也抬起頭往上看去，「你看錯了吧，窗戶是關著的。」

「我真的看到他飛進去了，一定是有人趁機把窗戶關起來。」左易擺出了委屈中混雜著固執的表情。

「不可能，家裡就只有我一人。」女人肯定地說，「從中午到現在我都待在一樓，根本沒上去，你的寵物一定是飛到別人家去了。」

「我知道了，我再去別處找找。謝謝妳，大姊姊。」左易似乎被說服了，禮貌地道了聲謝，轉過身子欲走。

眼角餘光瞥見躲在隔壁家樹蘭裡的小橘正探出頭來，一副乾瞪眼的模樣，他將食指豎在嘴唇前，做了個噤聲的指示。

小橘又氣又急，但還是勉強按捺下來，直到關門的聲音響起、直到左易停下腳步，牠立即如砲彈般地衝出來。

「臭老頭，你在搞什麼鬼？釉釉跟媽媽就在裡面，你爲什麼不闖進去？」

「蠢貨，你想打草驚蛇嗎？」左易神色又恢復了一貫的陰冷，轉身往回走，「那個女人是一個人住，小不點應該是在一樓。」

「你怎麼知道？」小橘迅速拍彈一邊的翅膀，自動過濾了那個充滿鳥身攻擊意味的字眼，現在可不是氣得跳腳的時候。

「她自己說出來的。」左易沒有看向小橘，而是若有所思地盯著門牌為6的屋子，「那個女人，是小不點的惡夢嗎？」

「不知道，還無法感應。」小橘搖搖頭，「惡夢會散發出惡念，但如果它們把惡念藏起來，你根本不會察覺到它們的存在。」

換句話說，想要找一個隱去氣息、躲在夢中世界裡的惡夢，就如同在森林中找一棵樹。

左易抿著唇，將目光轉向圍牆，隨即他突然無預警往後退去，一路退到屋子對邊。

在小橘疑惑的注視下，他邁開步伐往前疾跑，在即將撞上牆壁前，如同彈簧般一躍而起，兩隻手穩穩攀住牆沿，手臂施勁，俐落地把自己提了上去，再側身一翻，轉眼間就落到庭院裡。

一連串動作如行雲流水，不帶半點兒聲響，看得小橘目瞪口呆，好一會兒才跟著飛到左易身旁，瞅了眼緊緊閉闔的玄關門，小小聲質問。

「現在呢？門是關著的，你還是進不去啊。剛剛你就應該硬闖的。」

牠的碎唸被一隻驟然環住脖子的手掐斷了。

「誰讓你跟過來的？去按門鈴。」左易冷冷地說，「分兩次按。第一次會讓她打開玄關門，但她看不到你，會以為外頭沒人。你再按第二次，將她引到鐵門前。」

「等等，她如果發現是我在按門鈴，我要怎麼進去屋裡？」小橘實事求是地問道。

「你不是鳥嗎？」左易唇角挑了下，帶出涼薄的弧度，「讓你的翅膀派上用場很難嗎？」

這話有說等於沒說！小橘沒好氣地想要回嘴，卻忽然感覺到自己的身體呈拋物線般地劃過了圍牆外，灰色的柏油路面在眼前不斷放大，幾乎要填滿視野，牠忙不迭張開翅膀，撲搧著往上飛。

庭院裡，左易已在枝葉茂盛的盆栽後藏好身形，要不是現在情勢緊迫，小橘真想飛回去用力啄他幾下。

憋屈地吞下那些不忿，牠懸停在電鈴前，用尖尖的鳥喙敲了下去。

叮咚叮咚——清脆的門鈴聲迴響在屋子裡。

小橘飛高了一些，悄悄地從圍牆上探出腦袋，仔細注意屋子裡的動靜。

正如左易所言，那名散發著慵懶氣息的長鬈髮女子慢吞吞地打開玄關門，站在原處，透過黑鐵門的鏤空往外張望。

發現門外空無一人後，似是有些困惑，但顯然沒有上前探個究竟的打算，直接握住門把，下意識就要把門關上。

小橘連忙飛回原位，再次按響門鈴。

長鬈髮女人有些驚疑不定地看著空蕩蕩的大門外頭，躊躇了片刻，還是踩著拖鞋走過去。她沒有看到在她背對玄關門之際，左易迅捷地從盆栽後閃出來。

喀，黑鐵門被拉開了，長鬈髮女人從院子裡走出來，左右探看了下，整條小巷很安靜，不見人跡。

啪沙，一陣翅膀的拍動聲引得她半瞇著眼，抬頭看向上方，黑色尾羽閃過了她的眼角。

她反射性回過頭，看到了那隻鳥兒如同滑翔般地朝著敞開的玄關門口飛去，顯眼的棕紅色背羽在陽光下像是在閃閃發亮。

緊接著，長鬈髮女人注意到玄關門正在輕輕搖晃，現在天氣燠熱得沒有一點兒風，顯而易見，並不是被風吹動的。

她忽然想起數分鐘前出現在大門外的紅髮小男孩，意識到那是有誰跑進屋裡時，帶起的氣流晃動了門板。

很顯然，這並不是一個惡作劇，而是調虎離山之計。

但是女人卻笑了，紅潤的嘴唇微微彎起，唇下的黑痣襯得她更顯妖嬈。

第三章

夏蘿睫毛不安地搧動了幾下，眼皮下的眼珠似乎開始不安分地轉動起來。

一會過後，她終於顫顫地掀開眼，嘴唇無意識輕輕蠕動一下，想要張開呼喊什麼，卻發現自己竟然張不開唇瓣，衝出喉嚨的聲音無一例外地化成了嗚嗚聲。

夏蘿驚慌失措地睜大眼，感覺得到有東西黏在她的嘴巴上，讓她無法開口說話。她想要伸手撕掉，卻驚愕地察覺到雙手無法自由活動，被緊緊綑住、鎖在背後，只有雙腳可以自由踢動伸展。

夏蘿腦子裡一片混亂，就像一團毛線球糾結在一塊，難以思考。她只知道自己現在倒在浴缸裡，頭痛得厲害。

濕答答的衣服黏在身上，頭髮也還在滴著水，讓夏蘿本就蒼白的膚色看起來更白了，整個人彷彿一點血色都沒有。

她不安地看著光滑無比的浴缸，身子開始扭動起來，試圖撐起自己。這個動作不算困難，她花了一點兒力氣便順利坐起。

夏蘿輕輕呼吸著，小心翼翼地觀察起亮著燈的浴室，三坪大的浴室裡鋪著光潔的白色磁磚，連牆壁都是亮晃晃的，乾淨、纖塵不染，一丁點水垢都沒有，彷彿這個家的主人有著強烈的潔癖。

在一片潔白之中，地板上的灰白色毛團顯得如此突兀。

是釉釉！夏蘿的一顆心都提到了喉嚨口，就怕釉釉出了什麼事。

她倒在地上，動也不動的……她還活著嗎？

夏蘿被這個念頭嚇壞了，更加使勁地想從浴缸裡爬出來，但少了雙手支撐，平常做起來輕而易舉的動作，此時卻是困難重重。

有好幾次膝蓋都硌在了浴缸上，疼得夏蘿小小聲地抽著氣，可是她還是不死心地一遍遍嘗試。

好不容易終於站起身，可是脹痛的腦袋似乎影響了她的平衡感，夏蘿搖搖晃晃的，竟是向前一栽，柔軟的小肚子重重撞上浴缸邊緣，上半身狼狽地掛在浴缸外。

她強忍下猛地上湧的不適感，眨去了眼裡的水氣，著急地看向釉釉，這個角度可以讓她更清楚地看見釉釉的狀況。

灰白色的鳥兒雖毫無動靜，但圓滾滾的身子還在緩緩起伏，羽毛偶爾也會抽動一下。

這些細微的反應讓夏蘿懸著的心終於落了下來，繃得緊緊的肩膀也暫時鬆開了一些，但夏蘿卻不敢完全放鬆警戒。

她的記憶逐漸回籠，從市立公園的大草皮，再到荷花池，接著是在水裡掙扎著揮動的小手……

夏蘿呼吸一窒，那些如水草般柔軟的白色手指就這樣突然冒出來，它們抓住她的頭髮、手臂、裙襬，甩也甩不掉，將她整個人扯進水中。

她還記得帶著土腥味的池水咕嚕咕嚕地嗆進了嘴巴、鼻子，水是冰涼的，但肺部卻像是有一團火在燒。

然後，黑暗鋪天蓋地地襲來。

當夏蘿醒來時，就發現自己出現在這個陌生的浴室裡，雙手被反綁，嘴巴被封住。

嬌小的身子又緩緩滑回浴缸裡，夏蘿閉上眼睛，儘管全身控制不住地哆嗦，還是竭力保持鎮靜地將事情的來龍去脈梳理一遍。

一會兒過後，夏蘿再次睜開眼，做了個深呼吸，告訴自己不可以慌、不可以怕，她是釉釉的媽媽，她要帶釉釉離開這個地方。

她開始轉動手腕，意圖弄鬆手上的繩子，繩子不斷在柔嫩的肌膚上摩擦，蹭得她發疼。

繩子的結被打得很緊，夏蘿越是掙扎，皮膚上傳來的刺痛越發明顯。她將背抵住浴缸，給自己找了一個施力點，好可以更加用力轉動手腕。

粗糙的繩子很快磨破了皮膚，細密的刺痛感就像是小蟲在囓咬，夏蘿咬著牙，將疼痛暫時拋在腦後，硬是想要將右手先抽出來。

「媽媽！」

又驚又慌的聲音無預警在浴室響起，只見灰白色的鳥兒像是受到驚嚇般，彈跳起來。

「嗚嗚……」夏蘿想喊出釉釉兩字，但封在嘴上的膠布讓她的聲音變作含糊的嗚咽。

「媽媽，是妳嗎？」釉釉趕緊拍著翅膀飛到高處，發現了跌坐在浴缸中的小女孩，嘴巴被貼著膠布，渾身濕透，像是剛從水裡撈起來。

夏蘿又發出了嗚嗚兩聲，側轉過身子，露出被反綁在背後的雙手。

釉釉不敢置信地瞠圓了眼，忙不迭飛到夏蘿身邊，低下腦袋奮力地啄咬著繩子。

伯勞鳥的鳥喙與猛禽類似，呈勾狀，並且具有齒突，這讓牠們方便撕咬獵物，而人造棉製成的棉繩在牠的反覆撕扯下，隱隱有了快要鬆脫斷裂的跡象。

「媽媽，妳再試一次看看。」釉釉停下動作退到一旁去，以免自己不小心啄到夏蘿。

夏蘿依言動了動手腕，發現繩子間的空隙變大了，幾下扭動後終於成功掙脫束縛。

雙手一獲得自由，她連忙撕掉嘴巴上的膠布，瞬間竄出的刺痛讓她的小臉不自覺皺成一團，眼角也滲出了生理性的淚水。

「媽媽妳還好嗎？有沒有哪裡不舒服？」釉釉著急地圍著她打轉，一看到那雙本該白嫩無瑕的手腕上出現了青紫與紅痕，烏溜溜的眼睛不禁水氣氤氳。

「夏蘿沒事。」黑髮白膚的小女孩細聲細氣地說，接著對牠比出一個噓的手勢，釉釉立即會意不再出聲。

夏蘿輕手輕腳地接近浴室門，將耳朵貼在上面，試圖捕捉外頭的動靜。

釉釉窩在她的頭頂上，也跟著聽了一會兒，用小小的鳥爪輕撥了下她的頭髮，示意自己也沒有聽到異狀。

夏蘿試著不發出聲音地轉開門把，從慢慢敞開的門縫探出去，眼前所見卻是一幅大大出乎意料的畫面。

浴室門口面對的不是寢室、不是走廊，而是一個方方正正的空間，牆壁刷得跟雪一樣白，裡頭卻沒有任何家具與裝潢。

除了行李箱。

一個個行李箱立在地上，有大有小，色彩繽紛，然而不知道爲什麼，「好像各種顏色的墓碑」的這個想法猛然躍上心頭，讓夏蘿不禁打了個哆嗦。

「媽媽，門就在對面！」釉釉見這裡沒有第三者，也不再憋著聲音了，糯糯地喊了一聲，「我們快點過去吧。」

但夏蘿沒有動彈，一雙黑眸只是怔怔地盯著那些行李箱，從額際淌落的水滴分不清是冷汗還是殘留的池水。

爲什麼會覺得很可怕？

是不是以前曾經發生過不好的事……

夏蘿小手緊捏成拳，放在胸口上，小臉蛋雖然讀不出表情，但呼吸卻不自覺地急促了起來。

「媽媽？」釉釉歪著腦袋，有些不解。在牠看來，這個空間古怪歸古怪，但行李箱就是個死物，它們不會動也不會咬人。

可是夏蘿蒼白的臉色讓釉釉忍不住想要推翻這個念頭，預防萬一，牠特地飛到上頭盤旋一圈，好確認行李箱後面沒有躲著誰。

「媽媽，我看過了，這個房間很安全的。」釉釉這次沒有飛回到夏蘿頭上，而是在她肩膀上停下來，用毛茸茸的身子蹭了蹭她的臉頰。

溫暖的觸感讓夏蘿登時回過神，她將放在胸前的那隻手慢慢地放下來，手指也不再捏得緊緊的。

行李箱安靜地立在原處，無害得像是個裝飾品。

「不用擔心的，媽媽，我們快要離開這裡了。」釉釉一邊替她打氣，一邊試圖聯繫上小橘，那雙圓圓的眼睛泛起了一層淡淡的幽藍光澤。

夏蘿點點頭，手指捋了下釉釉的羽毛，吸了口氣，強迫自己踏出第一步、第二步……

砰！驟然響起的撞擊聲把夏蘿的第三步釘住了，她惶惶然地轉過頭，看見一個大大的紅色行李箱倒在地上。

但那個箱子看起來那麼的沉，還有四個滑輪撐住，在沒有外力的推動下，怎麼可能重心不穩倒下來？

心裡的警報器在大聲叫囂，從背脊直竄而上的顫慄讓夏蘿想也不想地將肩上的釉釉放到口袋裡，拔腿就往對邊的房門跑去。

砰！砰！砰！砰！行李箱接二連三地倒下，發出沉悶又嚇人的巨響，緊隨而來的是瘋狂的拍打聲，以及如同貓咪用爪子撓抓金屬的搔刮聲。

那些聲音或急促或尖銳，吵得夏蘿腦袋嗡嗡作響，她甚至還聽到小孩子般的尖細喊聲此起彼落地從行李箱裡鑽出來。

「爲什麼要跑呢？」

「媽媽說，」

「好孩子要乖乖待在裡面才可以喔。」

「妳是好孩子嗎？」

「還是壞孩子？」

分不清是男是女、聽起來歡快又稚氣的嗓音最終都疊合在一起，在房間裡的牆壁撞擊出陣陣回音。

夏蘿想跑，也奮力地邁動著雙手雙腿，將阻擋在前方的小行李箱推開，替自己清出一條道路，她與門板的距離在逐漸拉近。

喀啦喀啦……一只褐色仿木紋殼面的大行李箱猝不及防地從後面撞過來，滑輪輾上夏蘿的腳後跟，火辣辣的疼痛刺得她慘叫一聲，嬌小的身子頓時失衡地撲倒在地。

釉釉被這股前傾的力道帶得從口袋裡滾了出來，牠晃晃有些暈的腦袋，一回身就看到臉色慘白、蜷成一團的夏蘿，頓時慌了。

喀啦喀啦……更多行李箱團團圍上，封堵住夏蘿的前後左右，她無路可躲也無力站起，整個人疼得直打顫。

「妳是我的好孩子對不對？」有誰這樣輕輕說著，那是屬於成年人的聲音，嫵媚中又沾著一抹倦意。

一瞬間，房間裡的其他聲音都靜了下來。

「是誰！」釉釉羽毛蓬地豎起，幾乎是連跳帶飛地趕到夏蘿身邊，張開小小的翅膀與尾巴，不安地四處張望戒備。

「不行……釉釉，危險。」夏蘿強忍著痛從地上坐起，雙手攏住那隻灰白色的鳥兒，將牠護在懷裡。

唰的一聲，行李箱的拉鍊彷彿被一隻無形的手快速拉下，有東西從行李箱裡湧了出來，黑糊糊、黏膩膩，伴隨著像是瓜果爛熟的味道，嗆得人反胃又難受。

夏蘿快要無法呼吸了，她屏著氣，駭然地看見那些黑色的黏稠物如一條條蜿蜒小河匯聚在地板上，越積越多、越疊越高。

在夏蘿心驚膽顫的注視下，那些東西逐漸被雕塑出軀體、漆染上顏色，看起來就像是一個成年女子。長鬈髮鬆鬆地綁成一束，又長又凌亂的劉海遮住大半張臉，唇角下的黑痣反而格外惹眼。

「我啊，想要將喜歡的人、感興趣的人、好看的人收藏起來，讓他們塡滿行李箱。可愛的小蘿，妳願意爲了我當個好孩子嗎？」

隨著長鬈髮女人嘴巴張張合合，一只行李箱喀啦喀啦地滑了過來，在夏蘿眼前砰地倒下，兩面硬殼張得開開的，裡面的空間恰好可以容納一個十歲的小女孩蜷起手腳躺進去。

「不。」夏蘿繃著小臉，將這個字說得大聲又固執。

「爲什麼要拒絕我呢？妳該不會以爲會有誰來救妳吧？這是我的屋子，沒有我引路，闖進來的人根本不可能找到妳。」長鬈髮女人的眼神帶了點兒縱容，就像是在看著一個鬧彆扭的孩子，「來，我再問妳一次，妳願意爲了我當個好孩子嗎？」

「不。」夏蘿的目光不閃也不避。

「不行喔，怎麼可以惹我生氣？」長鬈髮女人的語氣雖然甜蜜，卻隱約滲出了不耐煩，「這樣妳就是個壞孩子了。該怎麼懲罰壞孩子呢？」

「砍掉她的手，把她關起來！」小孩子的聲音再次歡快地響起。

「眞是個好主意。」長鬈髮女人咯咯地笑了，她的左手瞬息褪去色彩，被黑色黏稠物質覆蓋，連接肩膀的手臂轉眼間失去了形狀，化作古怪的長長觸手。

「離媽媽遠一點，妳這個惡夢！」釉釉冷不防從夏蘿懷裡衝出來，尖尖的鳥喙對準女人的臉就要啄下去。

女人甚至連臉都沒有別過去，取代了左手的觸手迅雷不及掩耳地揮出，啪地將牠打飛到一旁。

「釉釉！」夏蘿忍著腳痛想要撲上去接住牠，卻驚覺身體根本不聽使喚。

不，不是不聽使喚，而是她被箝制住了。長鬈髮女人連右手也變成了可怖的觸手，還無聲無息地捲住夏蘿的腰，將她高高提起，雙腳離了地面。

渾身濕透、臉色慘白的小女孩此刻看起來就像個破敗的布娃娃。

「小橘！我們在這裡！媽媽有危險！」釉釉掙扎爬起，眼前的畫面讓牠瞳孔擴張，忍不住用盡全身力氣尖叫。

一條觸手以不會勒斷骨頭的力道纏縛住夏蘿，一條觸手則是游動在半空中，前端閃爍著不祥的金屬色澤。

「別害怕，就算妳沒了手，還是可以成爲一個漂亮的收藏品。」女人柔聲安慰，眼裡的愉悅幾乎要滿溢出來，「我會溫柔地……」

「先砍掉妳的手如何？」

隨著房門被撞開，稚氣未褪的男孩嗓音忽地響起，然而語氣卻透出讓人心驚的冷澈。

一抹紅光疾射而來，迅雷不及掩耳地橫切過女人的左右上臂，將兩條觸手硬生生斬落，連帶讓失去支撐的夏蘿軟軟地滑落在地。

不過再仔細一看，就會發現那並不是什麼紅光，而是無數暗紅絲線匯聚在一起，造成了這樣的錯覺。

「啊啊啊啊啊啊——！」長鬈髮女人從容不迫的表情瞬間潰散，宛如烈焰焚身的痛讓她發出了尖銳的悲鳴。

但下一秒，火燒的感覺變成了現實。

她駭然地發現數量驚人的光絲捆上她的身體，而且越勒越深，交錯在皮膚上，如同一張紅色大網。朵朵璀璨的紅焰從那些光絲上綻放開來，迅速連成一片，轉眼間將她包覆其中。

「不不不——住手！住手！你爲什麼會出現？你不該出現的！沒有我引路，你怎麼可能找到這裡！」

「蠢貨，當然是因爲有我引路啊。」小橘終於找著機會將這兩字甩到別人臉上，冷哼了兩聲。

淒厲的尖叫震耳欲聾，長鬈髮女人在火焰中不斷掙扎，發了瘋似地嘶叫著、扭動著，竟給人一種在烈焰中垂死舞動的錯覺。

但是，這模樣也不過是一瞬間的事，她的身形彷彿被海水沖毀的沙雕轟然潰散，與此同時，或橫倒或立著的行李箱也以肉眼可見的速度消失。

小橘還想再嘲笑她兩句，然而一看見地板上的夏蘿與釉釉，那股驕傲勁立時消失得無影無蹤。見左易一個箭步衝出去，牠也急匆匆地飛往釉釉。

長鬈髮女子慘烈的尖叫響在耳邊，左易置若罔聞，滿心滿眼只有黑髮白膚的小女孩。

他小心翼翼扶著她坐起來，對方渾身的濕意，以及冰涼的肌膚，都讓他表情倏地扭曲。

「夏蘿沒事。」注意到左易神色不豫，夏蘿睜著黑亮眸子沉靜地說，同時不著痕跡地拉了下裙襬。

「哪裡沒事？」左易語氣沉了下來，夏蘿的小動作沒有逃過他的目光，他一邊脫下外套披在她身上，一邊說，「讓我看看妳的腳。」

夏蘿抿著小嘴，有絲猶豫，下意識想要將被行李箱輾撞到的後腳跟藏起。

「妳那小短腿有什麼好遮的？」左易太了解她習慣把事情藏起，不願讓人擔心的個性了，眼角不悅地吊起，不容分說就要撩起裙襬一角，好檢查她的腳。

「臭老頭！你要對媽媽做什麼？」從浴室裡飛出來、用爪子抓著大浴巾一角的小橘，不敢置信地尖聲大叫。

「不可以掀裙子。」抓著大浴巾另一角的釉釉以糯糯的聲音發出譴責，「那樣很壞。」

左易臉色頓時黑了。

「不是掀裙子。」深怕牠們誤會，夏蘿連忙解釋，「是要看看……哈啾。」

一個小小的噴嚏截斷了她的話。

小橘與釉釉當下顧不上左易伸出去的那隻手是要做什麼了，趕緊將大浴巾往下丟，落勢完美地罩住了夏蘿。

「媽媽，姨說穿著濕衣服容易感冒，要快點脫下來，浴巾給妳圍著，然後我們再去找衣服，還要吹頭髮。」釉釉憂心忡忡地叮嚀。

「我跟釉釉會盯著那個臭老頭，不讓他偷看的。」小橘警惕地盯著左易，卻發現對方的目光比牠更不友善，鞭柄狀的法器就握在他手裡。

「喂！等等……」小橘一驚，抗議還來不及出口，暗紅光絲已快狠準地捲住牠的一隻爪子，將牠從空中拽下來，直接扔到地板上。

那力道還不至於讓小橘磕傷了哪裡，但突如其來的失速感還是讓鳥很火大，牠罵罵咧咧地站起，一道陰影同時兜頭落下。

原來是左易就擋在牠的面前。

勉強讓小橘心裡平衡一點的，是左易至少已轉過身來，至於雙手環胸、居高臨下睨視著牠的模樣，全當沒看到。

牠哼哼唧唧地也跟著轉過去，卻是看向長鬈髮女子先前所在之處。靈力製造出來的火焰已全數熄滅，地板上散落著薄薄的結晶，粗略一看，如同冰糖被打翻在地。

那是惡夢的碎片。

「釉釉。」小橘喊了一聲，加快速度地往前飛。

「來了。」釉釉回應一聲，好似與牠心有靈犀，僅僅兩字就意會地飛過來。

左易看著兩隻鳥兒圍在散落的透明結晶旁，低著腦袋開始一下一下地啄食起來，如同那是什麼美味的食物。

「食夢鳥專吃惡夢。」

守樹人低緩沙啞的嗓音彷彿響在耳邊，直到此時此刻，他才算眞正了解這句話的含義。

剔透的結晶轉眼間就被小橘與釉釉吃得一乾二淨，專注在這幅畫面裡的左易一時沒注意到後方窸窸窣窣的布料摩擦聲已經停了。

他的衣角被輕輕拉了一下。

「夏蘿好了。」

小女孩軟軟的嗓音讓左易反射性回過身，一瞧見裹著大浴巾又披著外套的夏蘿，只覺得這模樣竟是荒謬得可愛，心臟彷彿破了一個小洞，從裡面汩汩地淌出了蜜。

不過在發現夏蘿走路有些一拐一拐之後，微翹的唇線瞬間拉平，他惱怒地皺起眉頭，背對她蹲下去。

「上來，我揹妳。」

「不要。」夏蘿捧著濕衣服搖搖頭，站在原地不動。

「上來。」左易堅持。

「不。」夏蘿就是不肯往前，她抓著外套下襬，看著左易回頭催促的眼神，猶豫半晌後仍小聲地說道：「浴巾會捲起來。」

捲起來會怎樣？不須明說，左易立即明白了。他咳了聲，想裝作若無其事地站起來，但一抹赧色還是染上了臉頰。

小橘與釉釉離得遠一些，沒有注意到這個小插曲，瞧見左易扶著夏蘿慢慢往門口走，牠們也拍拍翅膀飛了出去。

一踏出這個詭異的白色空間，眼前所見是一個再普通不過的小客廳——之前左易與小橘闖進屋子裡時，所見的曲折走道與虛幻空間全部都消失了。

讓夏蘿坐上沙發，左易大略搜索了下一樓，從一個收納櫃中翻找出吹風機，吩咐她乖乖坐著把頭髮吹乾，又打了通電話給守樹人，讓對方透過手機定位，開車來這裡接他們回去。

做完這一切後，他用眼神示意小橘跟他一塊上樓。

小橘正膩在釉釉身邊，原本是不想搭理左易的，然而一瞅見對方手指緩緩探向口袋，這熟悉又充滿威脅性的動作頓時讓牠打了個激靈，不捨地輕啄了下釉釉，才心不甘情不願地飛向樓梯口。

二樓格局很簡單，兩房一衛，主臥室就在走廊最底端，推門而入時，厚實的柚木三門衣櫃最先映入眼裡。

在小橘的認知裡，他們所要做的就是打開衣櫃、拿出衣服、結束，牠就可以回到客廳裡蹭蹭釉釉又軟又蓬鬆的羽毛。

然而進入主臥室後，左易卻是反手帶上了門，雖然沒有上鎖，但還是讓小橘警惕地飛高，戒備著對方手指的動向。

那個鞭柄狀的法器眞該被列管爲禁物。食夢鳥是妖怪無誤，但外形可是貨眞價實的鳥兒，有事沒事就被法器抓住，如同貨物般地丟來甩去，年紀輕輕就脫毛了怎麼辦？

小橘心裡腹誹，不過瞧左易沒有摸出法器的打算，牠稍稍放鬆了些，改停在衣櫃上。

「小不點的惡夢是今天才出現嗎？」左易那張俊秀小臉繃得緊緊的，眉間盤踞著一絲陰鬱。看到那些行李箱後，他想起七年前在黑岩村發生的事件，夏蘿曾被裝進行李箱帶走。

「怎麼可能。」小橘沒好氣地拉高聲音，隨即意識到這個音量可能會引起樓下人的注意，連忙把後半截句子壓低，「媽媽的惡夢一直都在，只是出現的時間不固定。」

「如果我沒出現的話，會如何？」左易厭惡這種假設性的問題，那同時也意味著無法掌控的狀況。

「惡夢會把她抓走。」小橘輕輕地說，「就像今天這樣，讓媽媽遭遇可怕的事，媽媽的心靈一旦承受不住，沉睡在黑暗中，我跟釉釉的意識就會被排斥出來。」

「沉睡在黑暗中會發生什麼事？」左易屏息問道。

「什麼事都不會發生。」小橘搖搖頭，「就像作了一場惡夢，媽媽會醒來，忘了那些事，然後這個夢中的世界再次開始運作。」

「多少次了？」左易的嗓音有些乾、有些澀。

「數不清了。每一次惡夢出現時，媽媽都會把我跟釉釉護在懷裡，不讓我們看到那些可怕的東西，可是她……」小橘欲言又止，但最後也只是嘆息一聲就沒有再繼續往下說，這個話題硬生生中止。

左易沉默地打開衣櫃門，從裡面抽出一件上衣，雖說是大人的尺寸，不過綁一綁、捲一捲，還是可以充當一件臨時兒童洋裝。

一人一鳥回到客廳時，夏蘿還在吹頭髮，及背的長髮已經半乾了，吹風機嗡嗡的聲音掩蓋了左易的腳步聲。

熱風似乎讓釉釉昏昏欲睡，牠原本站在夏蘿的肩膀上，後來乾脆往下一滾，落到她的大腿上，尋了個舒服的位置窩著。

吹風機猛地被另一隻小手握住，夏蘿嚇了一跳，回過頭看見是左易站在自己身後。

「妳手那麼短，頭髮要吹到哪時候？我幫妳吧。」

明明是嘲弄的語氣，可是不知爲何，夏蘿就是覺得左易的心情並沒有表面上平靜。她小心地側轉著上半身，不讓釉釉滑落腿上，在紅髮男孩不解的注目下，忽地伸出手輕輕地揉了揉他的眉間，然後又很快地轉回去。

她的動作來得突然，左易愣了好半晌才回過神來，不自禁彎了下唇角，纏繞在心裡的鬱鬱莫名地消失不少。

他一手拿著吹風機，一手撥著夏蘿的髮絲，仔細替她吹乾頭髮。

客廳裡靜謐又舒心，就連小橘都安靜了下來，與釉釉親密地偎在一起。

約莫一個小時後，守樹人到了。她開的車子與左易記憶中那輛烤漆斑剝、像是下一秒就會拋錨的老爺車如出一轍，讓人覺得熟悉。

至於安不安心……

左易看著一副如臨大敵、甚至有些焦躁地在車頂跳來跳去的小橘，再聽到守樹人懶洋洋地說了一句「小蘿睡著了嗎？也好，這樣我可以安心開車了」，當下二話不說地將穿著一身乾淨衣物的夏蘿安置在後座，替她與自己繫上安全帶，還不忘伸手環過夏蘿的背，讓夏蘿的小腦袋靠在自己的肩膀上。

守樹人一邊透過後照鏡朝他遞了記意味深長的眼神，一邊替待在副駕駛座上的兩隻鳥兒拉上安全帶。

這當然不可能繫得住牠們，只是讓牠們方便用兩隻小翅膀扒住安全帶，好避免因爲車速過快而不小心滾出去。

雖然是同樣的姿勢，但釉釉開心得像是要去遠足一樣，尾羽快速地左右擺動；小橘卻似乎連羽毛都要褪成慘白一片了，整隻鳥都在哆嗦，大有慷慨就義的悲壯感。

當油門被踩下去的時候，左易甚至還聽到釉釉用嬌嬌的聲音歡呼一聲，而小橘則是完全消音了。

儀表板轉速表的指針直逼一百，左易不禁慶幸車窗是關上的，否則疾速之下吹進來的風勢必會讓夏蘿感到不舒服。

一路上都是綠燈，開得又快又穩的老爺車暢通無阻地來到市立公園，讓左易下車取回寄放的野餐籃與夏蘿的小鞋子，接著再次狂飆上路，在釉釉的鳴唱聲中，順暢地駛回公寓。

左易突然覺得被那隻灰白色的鳥兒喊爸爸也沒有什麼不好。

這個小心思他沒有讓人察覺，也許以後再說給夏蘿聽。想起那時候滿臉通紅、不知所措地瞪著大眼睛的小女孩，左易的心彷彿被塞進了一團棉花糖。

公寓裡只有夏舒雁在，七年後的她與七年前的她其實沒多大變化，仍是戴著黑框眼鏡，一頭蓬鬆亂髮用鯊魚夾夾起，一看見夏蘿是被左易揹進來的，立即一骨碌地從沙發上跳起，三步併作兩步地衝過來。

「小姑姑。」左易禮貌地打了聲招呼。

「我家小蘿怎麼了？」夏舒雁氣勢洶洶捲起袖子，一副「你不說你就死定了」的做派。

「冷靜點，舒雁。」守樹人用菸管敲了她的手背一下，「小蘿只是太累，半路上睡著了，左家的小子揹她上來而已。」

「那小蘿身上穿的又是怎麼回事？」夏舒雁眼尖，一下子就注意到夏蘿身上的衣服尺寸根本不對。

「她不小心弄濕衣服，我剛好買了新衣服，就借她了。」守樹人慢條斯理地說，朝左易輕抬了下巴，示意他先將人送進房裡。

左易毫無心理負擔地將解釋的工作交給守樹人，在釉釉與小橘的引路下，揹著夏蘿走進一間裝潢得溫馨可愛的房間裡。

房門未關，夏舒雁半信半疑的聲音從客廳裡傳進來。

「可是堇姨，那件衣服看起來不像妳會穿的啊，款式比較花俏耶。莫非、難道，堇姨妳已經到了老來俏的年紀了嗎？」

下一秒就聽見夏舒雁慘兮兮地嗷了一聲，接著是守樹人嫵媚又冷淡的嗓音響起。

「小孩子有耳沒嘴，還不快去幫小蘿換上睡衣，難不成妳要讓左家的小子替她換嗎？」

左易嘴角抽搐了下，不太想去深究守樹人究竟是在幫他解圍，還是在幫他拉仇恨。

「好了好了，我家的小蘿要換衣服了，雄性生物統統退散。」夏舒雁風風火火地衝進夏蘿房裡，如同門神般地佇在她床前，雙手扠腰，開始清場。

左易不捨地看了夏蘿幾眼才挪動雙腳，臨走前還不忘拎走小橘，對牠抗議的哼哼唧唧充耳不聞。

回到客廳時，守樹人正倚在牆邊，姿態嫻雅地把玩著菸管。

「堇姨。」左易走到她前面，小孩子的外表並沒有讓他顯得無助又弱勢，相反地，那雙暗沉眸子裡偶爾閃過的凌厲鋒芒仍舊看得讓人心驚。

「問吧。」守樹人淡淡道。

問什麼？小橘聽得一頭霧水，非常確定從進屋到現在，左易與守樹人之間根本就沒有對話，又怎麼衍生得出「問吧」這兩字。

然而左易卻是開口詢問了，「那並不是單純的惡夢，對吧。小不點的惡夢有幾個？」

「對。不知道。」守樹人慢悠悠地給出兩個答案。

「我可以留在這裡陪著小不點嗎？」左易又問，並沒有因爲那個看似敷衍的回答而有半絲不滿。

「可以。」菸管在守樹人指間轉了幾圈，轉出漂亮的殘影，「但不能久留。」

「那傢伙不是食夢鳥嗎？」左易目光掃向一旁的小橘。

「我不是說過了嗎？」守樹人以一貫低緩慵懶的語氣說道，「他們還太弱小。」

小橘發誓牠眞的聽到了紅髮男孩嫌棄咂舌的聲音，牠鳥嘴指擦了幾下，很想啄人。

「我不在的話，小不點又遇到惡夢怎麼辦？」左易下意識往夏蘿房間看去，「堇姨，沒有辦法讓我待久一點嗎？我需要……」

「你需要的是待會回去隔壁好好睡個午覺。」守樹人用菸管不輕不重地敲了下左易的腦袋，「你以為惡夢是滿街走，說遇就遇得到的嗎？如果它一個月後才出現，你要在小蘿的夢裡待上三十天嗎？況且小橘跟釉釉也無法將你留在這個世界那麼久。我會讓小橘跟在你身邊，釉釉則是繼續留在小蘿夢裡，食夢鳥的羈絆很強，隔得再遠都可以互相感應，也可以用夢境聯繫上。」

左易悶不吭聲地挨下這一記。

「現在知道自己該做什麼了嗎？」守樹人垂下眼，目光望進了左易眼底。

左易點點頭，眼角餘光眷戀地滑過夏蘿的房門。

「睡個好覺吧，當你再次睜開眼睛時，你就會回到現實世界了。」

第四章

小橘已經習慣槐山清新舒適的空氣，也習慣了夢中世界那個溫馨的小公寓，當牠隨著左易來到都市裡的租屋處時，整隻鳥都不太適應。

並不是說這個地方的氣息不好。人類為陽，妖魔鬼怪、魍魎魑魅為陰，守樹人曾經告訴牠們，就算是普通的小家庭裡也是會藏匿著陰氣，而小橘對陰氣很是敏感，但牠卻什麼也感應不到。

兩房一廳一衛的小公寓實在太乾淨了，乾淨得讓小橘不禁頭皮發麻。

紅髮青年的職業是祛鬼師，這或許可以解釋陰氣不存在的原因，但不應該連生活氣息都沒有，好像這裡根本沒有住過人，只是各式家具的擺放處。

小橘很難不讓「樣品屋」三字浮上心頭。

「這真的是你家？」牠懷疑地看向紅髮青年。

左易冷冷看了牠一眼，意思不言而喻。

「是你吃飯睡覺的地方？」小橘還是不大相信。

「廢話。」左易終於肯紆尊降貴地給出兩個字，然後再多說了一句，「我沒養過寵物，自己想辦法自理。」

「誰是寵物啊！」小橘氣得尾羽張開，頸部羽毛豎起，「就算眞的要被人類飼養，也只有媽媽有這個資格可以養我們。」

「小不點有資格，我同意。但是養你，」左易嫌棄地說，「我不同意。」

小橘氣哼哼地用力嘎嘎叫了好幾聲，最好可以讓這個人類被隔壁住戶檢舉製造噪音。但是在被隔壁住戶檢舉之前，靈力化作的紅絲已迅雷不及掩耳地纏住牠的腳，不客氣地將牠甩到客房裡，也算是變相宣告牠日後的落腳處就是這裡了。

在公寓裡的生活對於小橘來說是無趣且乏味的。

左易的作息很規律，早上五點半會出去晨跑，兩個小時後才回來。

一開始，小橘以爲那個紅髮人類大清早出去是有什麼機密任務要執行，當下也興致勃勃跟了過去，一路尾隨，翅膀拍得都痠了，才發現對方只是單純去跑步而已，便決定以後每天早上都要睡到八點，再也不想去受那個罪。

左易工作的地方是一間專門處理特殊事件的事務所，例如捉鬼除妖看風水，沒有出任務時，就替事務所老闆——也就是左易的母親——處理文書，以及熟悉事務所的運作。據說等時間到了，左易就會離開這邊自立門戶。

事務所的職員或多或少都有靈力，就算看到小橘頂著伯勞鳥的外形卻口吐人言，倒也沒有表現出驚訝之情。有幾個女孩子還會悄悄地向牠打聽左易的喜好、習慣等等……最後都還要問一句「有沒有喜歡的人」。

前幾個問題小橘不知道，也沒興趣知道；至於最後一個，牠可以毫不猶豫地給出答案。

當然是有啊！開什麼玩笑，媽媽都這麼在意他了，他如果敢不喜歡媽媽，啄也要把他啄死。

讓小橘意外的是，牠的一聲大大的「有」，反而讓紅髮青年從眼角到唇角都流露出愉悅，軟化了平素凌厲的俊美臉孔，引得女職員們差點暴動了。

這幾天左易沒有被分派到外勤工作，大都是事務所、公寓兩邊來回往返。

在事務所的時候，小橘注意到左易對待其他人的態度可說是進退有度，雖然不熱切，但也不會讓人覺得過度冷淡、傲慢；可是一離開事務所，他就像是巴不得與旁人劃清界限，那副營業用的表情完全褪下，總是一個人待在房裡戴著耳機聽音樂。

如果讓小橘來形容，牠會說夢中世界裡的左易是色彩鮮明的，他在夏蘿面前會笑會生氣，可是現實中的他則是蒼白不帶人氣——只除了那一天因爲小橘的答案而露出微笑，讓他看起來像個人。

人類不應該是群居生物嗎？為什麼那個紅髮青年可以讓每一天都像不變的循環？

當然，這並不是說左易與小橘之間沒有任何交流，事實上，小橘說的話他幾乎會給予回應——嘲諷幾句或是冷哼幾聲。

勉強能稱得上友善對話的，大概就只有左易知道小橘的食夢鳥外形是屬於棕背伯勞鳥的時候吧。

「小橘？你身上哪來的橘色？」左易嗤笑一聲，「一隻棕背伯勞叫這個名字也太可笑。」

「是媽媽替我取的。」小橘惱怒地嚷嚷，「因為媽媽第一次看到我的時候，陽光很大，以為我背部的羽毛是橘色的，所以才替我取為小橘。」

「是嗎？小不點眞可愛。」左易眼神軟了下來，難得沒有再繼續鳥身攻擊。

想到那一天發生的小插曲，小橘垂著翅膀，幽幽地嘆了口氣，牠覺得自己都快要變成一隻多愁善感的鳥了。牠想念釉釉、想念媽媽，連守樹人都想念。牠可以回槐山嗎？

或許是連上天都看不下去牠的無聊，事務所終於分派任務下來。

一得知今晚不用待在公寓，小橘精神抖擻地拍動雙翼，興致高昂地跟著左易一塊出門。

匡啷！安靜的社區大樓裡忽地響起一聲玻璃破碎聲。

一些住戶打開窗戶往外看了看，又很快把頭縮回去，迅速關上窗子、拉下窗簾；但更多的住戶是不聞不問，就好像什麼事都沒發生。

老張是這棟大樓的保全，當他聽到聲響衝到中庭一看，卻連個玻璃碎片都沒發現，只能用死寂來形容，他不禁喃唸起南無阿彌陀佛，縮起肩膀，倒著走回管理室。

老張將自己肥胖的身子拋進寬大的椅子內，看著電腦螢幕上分割成十六格的監視器畫面，腦子裡想著的卻是半個月前大樓裡發生的情殺案。

「根本就是瘋子啊……」老張嘆氣。

沒想到看起來人模人樣的男性住戶，居然因爲感情不順就做下預謀犯罪的事，不但囚禁女朋友，還將她分屍裝進黑色的大塑膠袋，再將之丟棄。

只要一想到那些屍塊是從社區的垃圾箱裡被發現的，老張就覺得毛骨悚然；尤其他還是負責夜班的，每每巡邏到那邊時，總是匆匆看幾眼便迅速離開，根本不敢逗留。

雖然清潔公司已經更換新的垃圾箱，不過不知道是不是錯覺，有住戶反應，掀開垃圾箱的蓋子時好像都還可以聞到刺鼻的屍臭味。

事情爆發時，記者簡直就像是嗅到血腥味的鯊魚一樣，瘋狂擁來，不停追問進出大樓的住戶，騷擾得讓老張都要大呼吃不消了。

幸好凶手的老家很快就被查出來，記者才轉移陣地，一窩蜂地衝去採訪凶手的親人，不然天天在電視新聞上看到自己所負責的那棟大樓，老張的心情也不好受。

至於先前凶手租下來的那個房間，警察雖已拆掉封鎖線，管理委員會也請了清潔人員將裡頭打掃得乾乾淨淨，但同一層樓的住家還是一戶戶搬走了。

有些人是因爲忌諱，不想觸霉頭——一旦知道隔壁房間曾死過人，還是被分屍的，任誰心裡都會不舒服。

有些人則是……

老張的思緒突然被打斷，他看見監視器畫面裡有一輛車在大門口前停下來，下一瞬，管理室的電話忽然響起。

一時被尖銳的鈴聲嚇到，老張手忙腳亂地接起電話，喂了一聲，一道低沉悅耳的男性嗓音從話筒裡流洩出來。

「敝姓左，和星陽大樓的委員會約好，今天來處理事情的。」

「啊，左先生，你好、你好，我這就打開大門，你直接把車子開進來沒關係。」老張如同聽到天籟，眼睛都亮了。管理委員會可是前幾天就吩咐過了，說今天會有個捉鬼大師過來，要他好好接待。

老張快速按下開關，看見螢幕上的雕花大門向左右兩側開啓之後，不敢多有遲疑地從椅子上跳起，以與他肥胖身形不符合的靈敏速度，三步併作兩步地跑出管理室。

當老張來到前庭時，就看見一輛銀灰色轎車正好停妥，駕駛座車門打開，從車裡走出一名紅髮青年，以及……飛出一隻鳥？

老張還以爲自己眼花看錯了，但不管他眨了幾次眼，那隻鳥兒仍舊徘徊在半空中。

「你好。」

紅髮青年的聲音讓老張忙不迭回過神來，對於自己居然沒有第一時間跟對方打招呼感到有些尷尬。

然而一看清楚青年的樣貌，他不禁又結結實實地吃了一驚。

因爲保全職業的關係，老張見過不少人，當然不乏好看的男人與女人，然而像那樣俊美到充滿壓迫力的就極爲罕見了。最重要的是，對方實在太年輕了，年輕得就像是自己在讀大學的兒子，和老張想像中留著鬍子的天師、道長，差了十萬八千里。

老張愣了數秒後，總算壓下心裡的驚訝。雖然委員會已交代過今天來的捉鬼大師可是業界首屈一指的，是他們費了好大工夫才請來，但他們可沒說對方長得像個偶像明星似的……

老張嚥嚥口水，保全的身分讓他知道不要多加探究別人隱私，他趕緊對著紅髮青年堆出笑臉。

「左先生，我是這棟大樓的保全，你喊我老張就好了。廖先生已經吩咐過我，只要你想到哪邊看看，我都可以帶你過去。」

「麻煩你了。」左易點點頭，「我想看一下凶手的住處。」

「好好好，等我一下。」老張匆匆在管理室窗口掛上一張巡邏中的牌子，隨即領著左易前往電梯。

小橘自然是興沖沖地跟上去。

嗶的一聲，刷完感應卡，電梯門往左右兩側徐徐分開。老張是第一個踏進電梯的，他拿出鑰匙打開樓層按鈕面板，按了幾下再重新闔上，本來黯淡無光的樓層5按鈕，頓時亮了起來。

「自從發生那件事之後，五樓的住戶都搬走了，其他人也不敢到五樓，又怕有小孩亂跑，所以委員會乾脆不讓電梯停在五樓了。」老張解釋。只要一想到待會自己就要踏進命案現場，他緊張得背部都滲出冷汗。

小橘伸長頸部、扭動頭部，打量電梯一圈，視線移向上方時，牠的眼睛微微睜大，但在注意到左易沒有任何動靜後，也就當作什麼事都沒有發生。

「大樓裡有發生過靈異事件嗎？」左易問道，「管委會的廖先生沒有說得太詳細。」

「喔喔，有。」一提及這個問題，老張嘴巴就停不下來，「508發生凶殺案件後，五樓還有一些住戶不想搬走，大概是外面房價太貴了。你也知道，現在的房子不好買啊……」

「說重點。」

左易不耐煩地看去，那雙狹長的眼睛壓迫得老張頓時噤聲，一會過後才又結結巴巴地說道。

「一、一開始是沒什麼事情，可是過了幾天，隔壁住戶就說半夜聽到有女人在哭，不然就是有指甲抓門、抓玻璃窗的聲音響起……最可怕的是有人經過那間屋子的時候，本來鎖起來的門竟然打開了，還有手伸出來，像是要把人拖進去，眞是嚇死人了……」

老張越說越感到毛骨悚然，他搓搓手臂，忍不住疑神疑鬼地東張西望起來。

叮，電梯門剛好打開了，一條黑漆漆的走廊立即撞進兩人眼底，就像一張咧開的大嘴，要把踏進這裡的人吞吃入腹似的。

「哇喔，鬼氣眞重。」小橘難掩興奮地說，牠的聲音壓得很低，老張並沒有聽見。

「出去，不要卡在門口。」左易不客氣地將小橘扔出電梯外。

「靠靠靠！臭老頭！我要去動保團體告你虐待動物！」小橘氣急敗壞地喊道，翅膀用力一搧，才總算讓自己沒有狼狽落地。

「咿——是、是誰在說話？」老張驚恐得連聲音都拔尖了。

「沒『人』在說話，你聽錯了。」左易朝小橘甩去一記傲慢冷漠的眼神，又回頭問了老張一句，「案發現場的屋子有鎖起來嗎？」

「鎖、鎖起來了。不過左先生放心，我有把鑰匙帶著。」老張哆嗦地從口袋裡掏出一把鑰匙，將它遞出去。

「那麼沒你的事，你可以下去了。」左易一手接過鑰匙，一手無預警抽出一張符，往老張額前貼上去。

「左先生，這是？」老張一頭霧水地看著遮住大半視線的黃色符紙，上頭好像還有艷紅色的字跡，寫得龍飛鳳舞，讓他認不出是什麼字。

左易替老張按了一樓的按鈕，逐步走出電梯口，在電梯兩扇門逐漸闔起時，薄薄的唇角揚起，替那張俊美的臉孔增添一絲人氣。

「是保你平安的。剛忘了說，這電梯裡也有鬼。」

電梯門終於全部闔上，上方面板的數字開始亮起。

「啊啊啊啊啊——！」

即使電梯已逐漸下降，但老張驚慌的尖叫聲仍清晰可聞。

「我還在想電梯裡明明有鬼倒吊在上面，你居然沒有出手？」小橘嘖嘖兩聲，「那管理員眞可憐。」

「我給了符紙保他平安，他哪裡可憐？」左易的嗓音一貫地低滑悅耳，像是大提琴琴音般好聽。他逕自邁開修長的雙腿往前走。

「我靠，叫得那麼凄涼哪不可憐？你這人的個性有夠差勁。」小橘一邊做出評論，一邊在電梯附近轉了轉，很快找到電燈開關，鳥喙準確地啄下去。

一瞬間，日光燈熾亮的光芒快速吞噬掉黑暗，長長的走廊雖然變得明亮起來，可那股陰森森的氣氛卻揮之不去。

被評定為個性差的紅髮青年頭也不回，倒是俊逸的眉毛不耐煩地擰起。他一直走到掛著508門牌的門前才停下腳步，拿出鑰匙插進鎖孔裡轉了一圈。

喀，清脆的聲響打破走廊上的死寂，本來陰冷的空氣突然變得像是泥沼般沉重濕黏，沾在皮膚上讓人感覺很不舒服。

左易的眉擰得更緊了，他沒有看到背後另一扇標示507號碼的門扉正無聲無息地拉開一條縫。

黑幽幽的口子裡探出一張蒼白得幾近透明的臉孔，有著女性的柔軟輪廓，可是本該是眼睛的位置只剩下兩個滿是污黑血漬的窟窿，讓人看得觸目驚心。

507的門板被越拉越開，女人悄無聲息地探出身體，但是，也只有上半身而已。

滴答滴答的液體從腰部切口不斷淌落在地上，好像水龍頭沒關緊般，在空曠的走廊上發出詭異回音。

眼見那隻蒼白手臂就要伸向左易背部，小橘雖然不認爲對方會受到什麼傷害，不過覺得還是應該意思意思提醒一下。

牠才剛張開嘴，左易卻已迅速轉過身，黯淡得連肉眼都快看不清的暗紅光絲從鞭柄狀法器上湧現而出，迅雷不及掩耳地纏住那具半透明的身子。

「妳並沒有被困在這層樓，爲什麼還留著不走？」左易居高臨下地俯視著被光絲纏縛住的女子。

女子表情扭曲，甚至有些諷刺地朝他張開嘴，裡頭的舌頭赫然只剩半截，即使不斷蠕動著，最終也只能吐出嘶啞的單音。

「喂喂，她舌頭都被割掉了，你是要她怎麼回答？」小橘沒好氣地說。

左易沒有搭理牠，逕自從口袋掏出一張用紅墨水寫上人名及生辰八字的符紙，將它對摺起來，在外頭又寫上一個「舌」字，拿出打火機點燃，橘紅火焰很快把它吞噬殆盡。

小橘吃驚地看到女子先前只剩半截的舌頭竟奇異地多出一截。

「現在，回答我的問題。」左易語氣淡淡的，卻透出不容置疑的命令味道。

女子咧著嘴，像是在笑，用緩慢又乾啞的聲音說道：「爲什麼要走的是我不是他們……爲什麼他們可以像什麼事都沒發生地住在這裡？我被關在房間裡，聽著隔壁傳來的聲音……我那麼痛苦，他們卻可以看著電視發出笑聲，這很不公平，不是嗎？」

「沒有人察覺到我的……如果他們多注意一點、多與鄰居往來，我就不會被殺了……是他們的錯，都是他們的錯……我恨我恨我恨……」

女子好像跳針的唱片機，不斷重複著「我恨」兩字，沙子磨過般的粗嘎聲音刮著耳膜，很是刺耳。

「拜託，我看了資料，妳那時候嘴巴都被堵住了，最好隔壁鄰居有辦法聽到妳的求救。」小橘上下擺動尾巴，眞想像人類那樣做出個翻白眼的表情，「那麼恨是不會去找把妳分屍的凶手嗎？把這層樓的住戶都趕跑，妳就開心了？」

「開心啊，為什麼不開心？我不會走的，我是不會走的……」女子如同夢囈般地說著，一陣忽高忽低的幽幽嗚咽聲從四處漫湧進來，一扇扇緊閉著的門板也被晃動得嘎吱作響。

天花板上的日光燈忽明忽暗地閃爍，啪滋啪滋的聲響連成一片，立時將整條走廊映照得鬼氣森森。

小橘瞬間豎起羽毛，警戒地察看四周動靜，一個掃視，牠注意到左易的神色冷靜中帶著一絲厭煩，就好似在勉強容忍著一場鬧劇。

「我只問妳一次，留下或是離開。」他沉聲開口。

「我說過我不會走的！」女子歇斯底里地尖叫起來，「我要讓這裡的人都知道，他們的漠不關心害死了無辜又可憐的……」

淒厲的句子戛然而止，女子表情一片空白，像是還沒有意識到發生什麼事，但最末一個「我」字再也不會從嘴裡吐出來了。

暗紅光絲冷不防從女子身上橫切而過，如同紅蓮般的火焰就從光滑的斷面處焚燒起來，轉眼間將她燒得乾乾淨淨。

幽怨的哭聲消失了，燈光不再一閃一閃的，就連走廊兩側的門板也不再發出像是被人抓著搖晃的聲音，五樓安靜得針落可聞。

「你、你讓她魂飛魄散了？」小橘乾巴巴地問道。

「是，又如何？」左易邁開步子往電梯方向走去。

「沒、沒什麼。」小橘只說了這麼一句就沉默下來。牠想起與紅髮青年初見那一晚，那些暗紅光絲同樣纏繞在自己身上，驟然收束的力道彷彿下一秒就會嵌進身體裡，活生生將牠大卸八塊。

牠知道自己還很弱小，可是那名女子不一樣，她的怨氣又深又重，偏激的執念更加強了她的力量，讓整層樓都成為她的領域。

然而、然而，這個紅髮的人類卻輕而易舉地消滅了對方，如同摁死一隻螞蟻般簡單……從頭到尾，他的情緒甚至平靜到了冷酷的地步。

小橘只覺得不寒而慄。

第五章

這陣子小橘顯得格外安靜，不是停在窗台前看外頭的景色發呆，就是一言不發地跟著左易去事務所。

那雙滴溜的眼睛如同在審視什麼般，三不五時地掃向左易，直到左易感到不耐煩地冷冷睨回去，牠才會移開目光。

但過不了多久，牠又會再次打量起左易，嘴裡似乎還在嘀嘀咕咕。

這樣的狀況在四、五天後才終於消失。

小橘好似從這幾天的觀察裡獲得了某種頓悟，整隻鳥不再神神叨叨的。牠搧了搧被陽光照得暖烘烘的翅膀，飛到客廳的矮桌上，歪著頭，正眼看向躺在沙發上、彷彿在閉目養神的左易。

「咳咳。」牠發出了清喉嚨般的聲音。

左易沒有反應，連睫毛都沒有顫動一下。

「咳咳。」小橘還以爲是自己的聲音太小，這次刻意放大音量。

沙發上的紅髮青年仍舊閉著眼，僅是稍微伸展了下一雙長腿，然後就毫無動靜了。

「喂，臭老頭。」小橘往前跳幾步，站在桌沿湊近了看，才發現對方戴著耳機。

小橘下意識以為一定是音樂蓋過了自己的聲音，所以左易才沒有聽到，但第二個念頭卻緊隨在後地冒出來。

左易身為祛鬼師，極強的警戒心牠可是親眼目睹過的，就算此時待在公寓，但他有可能會讓音樂掩蓋住其他聲響，進而影響他對周遭環境的判斷嗎？

小橘晃晃腦袋，決定做個實驗，牠三度清了清喉嚨，以平常的音量開口。

「媽媽妳怎麼來了？」

就見看似在休憩的紅髮青年猛地彈坐而起，那雙狹長的眼迸出吃驚與渴求，飛快搜尋著那抹嬌小身影。

「我靠……不是吧！」小橘看得瞠目結舌，因為太過震驚了，反而忘記自己應該先飛到一邊避風頭，而不是傻愣愣地佇在原地。

當牠猛地與左易對上視線之後，一股顫慄幾乎讓牠全身羽毛都要倒豎起來。

左易眼裡的光芒消失了，取而代之的是一抹想要將牠大卸八塊的猙獰與戾氣。

「小不點在哪？」他摘下耳機，詢問的聲音又輕又緩，如同暴風雨前的寧靜。

「媽媽當然是在槐山。」小橘梗著脖子回答。

「爲什麼要說她出現在這裡？」左易又問，手指漫不經心地把玩著鞭柄狀的法器。

一看到那東西出現，小橘頓覺寒意陣陣，忍不住想往後跳兩步……不，還是十步好了。

剛動念，牠便大驚失色地發現右腳竟不知何時纏上了一條細細的紅絲。

「給我一個好理由，」左易讓第二條暗紅光絲以緩慢但穩定的速度朝小橘蜿蜒而去，「我或許會考慮不把你吊在窗外。」

小橘常在窗前伸展翅膀與腳，窗外景色如何自然再清楚不過，牠還知道夜景特別漂亮呢。但正著看跟被倒吊著看那完全是兩回事，牠一點兒也不想成爲第一隻腦充血的食夢鳥。

眼見第二條紅絲就要捲住牠的左腳，小橘趕忙喊道：「因爲我有事要問你。」

「所以？」左易挑了下眉。

「還能有什麼『所以』，就是因爲我有事要問你，你不回應，我只好想辦法引起你的注意！」小橘越說越理直氣壯，氣焰重新燃了起來。

左易冷哼一聲，倒是鬆開了捆在小橘腳上的暗紅光絲，法器重新滑回口袋裡。

一獲得自由，小橘馬上先退到矮桌對邊，隔了一個桌面寬，至少可以讓鳥安心一點。

「我聽事務所的人說，」牠用了這段話當作開頭，「祛鬼師的工作主要是祛除鬼怪。前幾天的那件案子，你不用讓對方魂飛魄散也有弄走她的辦法吧？」

「嗯。」左易不冷不熱地應了一聲。

「社區大樓的那個女鬼的確是滿煩的。」小橘一邊端詳左易的神色，一邊把盤踞在心裡的疑惑問出來，「但以你們人類的角度來說，她畢竟是個受害者，你不會在意她的感受嗎？」

「不在意。」左易靠回沙發背，長腿擱在矮桌上，冷淡回道。

「你不會在意她魂飛魄散、永世不得超生嗎？」小橘忍不住又問。

「我爲什麼要在意？」左易嘲弄地彎了下唇角，「我給了她選擇，她不走，那我只好讓她再死一次了。」

理所當然的語氣堵得小橘一時不知該說什麼，偏偏對方的理由充足得讓牠無法反駁。

「那你在意什麼？」話一出口，小橘立即意識到自己問了個蠢問題。這幾天觀察下來，答案不是明擺著嗎？

「蠢鳥。」左易輕蔑地睨了牠一眼，「連這種事都看不出來嗎？」

「靠，我不就是一時失言嗎？」小橘嘟囔著指擦幾下鳥嘴。

左易正準備戴回耳機時，叮咚的門鈴聲突然響起，他動作一頓，難掩煩悶地咂了下舌，卻還是從沙發上站起。

這讓小橘不禁好奇起來，究竟是什麼人可以讓左易露出這種心不甘情不願，卻又不得不爲之的表情？

不，應該說，會有其他人類來拜訪才是最讓鳥震驚的事。

小橘二話不說地飛在他身後，想要一睹訪客的廬山眞面目。

隨著玄關門的開啓，一抹高挑身影也落入小橘眼裡。那是一名長相俊美、綁著馬尾的年輕男性，年紀看起來與左易差不多，兩人的眉眼有些相似，卻透出截然不同的氣質。

左易是陰冷中帶著桀驁不馴，馬尾青年則是沉穩淡漠。

但再看第二眼，小橘就發現對方根本不是什麼年輕男性，牠在夏蘿夢裡見過更年輕的對方，那是左易的雙胞胎姊姊，左容。

「你養了寵物？」左容看到小橘時，眼裡閃過一絲詫異。

誰是他的寵物啊！小橘忍不住腹誹，還來不及在心裡暗暗翻白眼，卻聽到左易質疑的聲音響起。

「妳怎麼來了？」

這下子，詫異的換成小橘。先前左易聽到門鈴聲的表情就像是他已經知道門外的人是誰，現在卻對左容問出這一句。

「你以爲是舅舅來找你說教的嗎？」左容關上門，從鞋櫃中拿出室內拖鞋換上。

「嗯。」左易懶洋洋地給了一個單音。

「因爲你袪鬼時不問緣由、不問善惡，過於心狠手辣？」左容的語氣與其說是在詢問，不如說是在陳述一件事實，「舅舅有他的理念，你有你的想法。他說教，你聽聽就算了。」

「妳這是在開導我嗎？」左易嗤了一聲。

「不，我這是在贊同你。」左容看了他一眼，淡淡道，「順道一提，舅舅去看小姑姑了，會在綠野村住一陣子，月底才回來。」

左易抿了下唇，沒有再討論這件事，而是直接轉回最初的話題。

「來找我做什麼？」

「你之前說想要找房子，我看了幾個地方，也幫你拍了照片回來，你挑挑看吧。」左容逕自走進客廳，在單人扶手沙發坐下，從包包裡拿出一疊照片，推向矮桌另一邊。

房子？什麼房子？小橘降落在桌面，好奇地伸長脖子看向那些照片。牠敏感地察覺到左容的視線在牠身上停留了一會兒。

不似左易那般凌厲，卻也犀利得讓牠有種要被看穿一切的錯覺。

小橘若無其事地扭頭瞧著離自己最近的一張相片，裡頭的建築物有兩層樓高，充滿懷舊的老式風格。外牆看起來斑駁處處，還有不少爬牆虎攀爬其上，再搭配厚重的木頭拉門，遺世獨立於塵囂之中。

左易的目光也讓那張照片吸引，將它拿在手中仔細看了看。

小橘又趁機瞄了其他照片幾眼，有公寓、有透天、有平房，但都沒有方才那張來得讓牠喜歡。

聽著兩姊弟低聲討論著頭期款、貸款等事情，牠感到無趣地揮了揮翅膀，飛離矮桌，在客廳裡晃了一會兒，確認左易沒有將視線投向自己，這才徐徐地往走廊飛。

雖然來到這間小公寓已好幾天，該晃的地方小橘差不多都晃熟了，就只有左易的房間沒進去過。

現在終於有人轉移左易的注意力，這個大好機會小橘又怎麼會放過。

幸運的是，主臥室的門並沒有完全閉合，留的那一道口子足以讓小橘輕鬆飛進裡頭。

只是一看清楚臥室的全貌，小橘高昂的興致就像被潑了盆冷水，讓牠嘖嘖有聲地搖了搖頭。

L形工作桌、書櫃、衣櫃、床鋪，擺設無趣又冷冰冰，賣場居家空間展示區的氣氛都比這裡來得溫馨。

牠又轉著腦袋四處看看，想試圖找到一些有趣的東西，目光在掃過書櫃時又突地拉回來，狐疑地盯著整齊排放在裡頭的教科書。

從國小三年級到國中三年級，一應俱全。

莫非那個紅髮人類有在當家教？小橘試著在腦內模擬了下對方教導學生的畫面……不行，太難了，就算牠用盡全部的想像力，還是無法讓左易與「為人師表」四個字畫上等號。

他不嚇壞或是弄哭學生就不錯了。

想不出個所以然，小橘也就不再糾結書櫃裡為什麼會出現教科書。

牠無聊地上下擺動尾巴在桌上走來走去，因為有些心不在焉，結果悶頭撞到一個硬邦邦的物體。

「痛，什麼東西？」牠惱怒地拍著翅膀飛高幾十公分，由上往下看去，發現那是一只木製的方形盒子，雕刻在外層的紋路繁複又細膩，很是精緻。

是音樂盒嗎？還是珠寶盒？這東西與房間的風格太不搭了，小橘心裡簡直像是有好幾隻小貓的爪子在撓呀撓的，好奇得心癢難耐。

牠小心翼翼地瞅向房門，仔細聽了聽。鳥類的聽覺比人類的聽覺還要來得敏銳，即使主臥室與客廳隔著一段距離，牠還是可以聽到左容與左易的交談聲。很好。小橘安心了，只是迅速看一眼，一定不會被發現的。

牠飛停在空中，將兩隻爪子抵在盒蓋邊緣，使出力氣往上一掀，喀的一聲，蓋子被掀了開來。

「什麼鬼……」小橘發出嫌棄的聲音。

木盒裡收納著不少樣式可愛的手鍊、鑰匙圈、髮飾、髮帶等物品，不管小橘怎麼看，那都是小女孩才會喜歡的玩意，左易一個大男人要這些東西做什麼？

這個念頭才剛蹦出來，一閃而過的關鍵字讓小橘猛地扭過頭又看向書櫃。

國小三年級的教科書、小女孩的飾品……

眞的假的！小橘如同偷窺到某個驚人的祕密般，發出倒抽一口冷氣的聲音，卻控制不了想要挖掘更多的衝動。木盒子看起來滿深的，裡頭除了一些精巧的飾品之外，不知道還有什麼。

小橘偷偷摸摸地再覷了眼門口，還是沒有聽到接近的腳步聲，牠趕忙把握機會將木盒裡的東西一個個叼出來，最底下是一個有著小熊圖案的淺綠色香包，不知道是不是存放的時間太久了，香氣淡得根本聞不到。

小橘正想將香包也叼出來，好好研究一下這個被放在木盒最底層的東西是不是有什麼特殊之處，卻大驚失色地發現牠的嘴張不開了——

不只鳥喙，還有牠的腳也被某種絲線般的東西緊緊綁在一塊，掙也掙不動，只能眼睜睜看著木盒離自己越來越遠。

這種熟悉的懸空感、拋擲感！如果鳥會流汗，小橘此時此刻一定是冷汗淋漓，連羽毛都要被浸濕了。

「你就真的那麼想被宰掉嗎？」

彷彿要把血液也凍僵的冰冷嗓音從房門口響起，被甩到地板上的小橘只要一抬頭，就能看見左易那雙狹長的眼睛。

那眼神簡直讓鳥不寒而慄。

「誰准許你碰我的東西。」左易手指一動，紅絲立即將小橘扯往他的方向。

他一手倒提起小橘，看著牠驚恐地撲搧翅膀、掙扎的模樣，似是漫不經心地說著話。

「把你的翅膀弄出一個洞並不會影響你引夢的能力，對吧？」

小橘理虧在先，全身僵硬地瞪大眼，動都不敢動一下，全副心思都放在鞭柄狀的法器上，就怕下一秒會有暗紅光絲竄出，毫不留情地扎穿自己的翅膀。

牠拚命地想啊想，意圖替自己尋找脫身的方法，書櫃一角剛好映入眼裡，牠忙不迭想張嘴，卻挫折地發現牠根本無法開口，只好不斷拍彈左翅比向書櫃。

「怎麼，是這隻翅膀想被扎洞？」左易冷聲問道。

靠！誰想被扎洞啊！小橘用力地搖頭再搖頭，維持右翅不動、左翅比著書櫃的姿勢。

左易終於大發慈悲地鬆開牠鳥喙上的紅絲，牠立即像是溺水的人突然呼吸到新鮮空氣般，哈地發出狼狽的喘氣聲。

眼見數條紅絲正凝聚在一起，前端化成尖銳的利刃狀，小橘急忙大喊：「我可以讓你提早進入夢中世界，還可以再告訴你一個跟媽媽有關的事。那些書——」

牠再次用翅尖指著書櫃裡的教科書。

「可以拿去丟了，媽媽已經學得差不多了。」

左易看起來似乎有些吃驚，他放開小橘的腳，任憑牠一溜煙地飛到衣櫃頂端，也沒有再用光絲追擊牠了。

「媽媽很認眞，姨教她的東西她都有聽進去，也很努力地在做筆記。」小橘發現牠多透露一句夏蘿的情報，紅髮青年身上的戾氣就少一分，豎起的羽毛終於慢慢鬆了下來，「我有聽姨提過，再過幾天她就會讓媽媽讀高一的課本了。」

「是嗎？」左易的眼神緩和了下來，這兩個字與其說是詢問，不如說像是帶著一絲愉快感的呢喃。

小橘暗暗鬆了口氣，一邊用鳥喙梳理起亂糟糟的翅膀羽毛，一邊分神注意著底下動靜。

左易正背對著牠將飾品一個個放回木盒裡，但是順序有些變化，原先放在最底層的小熊香包被他拿在手上，凝視了好一會兒。

「那些都是給媽媽的？」小橘還是壓不住好奇心地問道。

「嗯。」左易頭也不回地道，「再碰一次，我會直接砍掉你的翅膀。」

「知道了啦，臭老頭。」小橘嘀咕。

左易沉默地摩挲香包許久，最後還是將它收進木盒裡。盒子蓋上時，彷彿將他不小心流露出的悵然之情也一併封在裡頭了。

他再回過身看向小橘時，眼裡已是一片平靜。

「明天晚上，我要進去小不點的夢裡。」

「可以。」小橘毫不猶豫地應了下來。只是引人入夢嘛，至於夢中能不能順利遇到媽媽，那就是另一回事了。反正釉釉也還沒有向牠發布惡夢警報。

□

左易突然睜開眼。

上方天花板的紋路讓他在感到陌生的同時，身體反射性地彈坐而起。

他警戒地環視周邊一圈，米色的牆壁、簡約的擺設，同樣是不熟悉的，卻有一種似曾相識之感。

很快地，他就反應過來這裡是什麼地方了。

他掀開被子跳下床，迅速檢查了下自個兒的狀況。矮個子、縮小了好幾號的手掌、過於細嫩的皮膚，很顯然，這不是他二十三歲的模樣。

「喂，臭老頭，你起來了沒？」

篤篤篤的聲響伴隨著沒好氣的叫喚從房外響起。

「吵死了。」聽到稚氣的聲音從自己嘴裡冒出來，左易皺了下眉，從床頭櫃抄起鞭柄狀的法器，打開房門，就看見小橘揮著翅膀正打算再啄一次門板。

「你爲什麼在這裡，小不點呢？」左易綳著臉問道。想起第一次進入夢中世界時，小橘是在401號出現的。

「姨說過，不管是現實還是夢裡，都要我跟著你的。」小橘一副「我也不是很願意」的表情，翅膀拍了幾下就要降落在左易的肩膀上。

左易倒是沒有再把牠撥下去，勉爲其難地出借了左肩。

一人一鳥離開403號，往靠近電梯方向的401號前進。站在墨綠色的大門前，聽著電鈴聲悠揚地迴盪在走廊上，左易的心跳還是有些無法控制地失了速，迫不及待地想要再見到那名黑髮白膚的小女孩。

應門的人卻讓人出乎意料，至少對左易來說，不是他預料的對象。

那是一名綁著高馬尾、外表俊麗的少女，高挑的身形讓左易必須仰著頭才能對上她的視線。

與對方當了二十三年的姊弟，身高上從來沒有落下過的左易再次感受到守樹人的不懷好意——即使這個世界裡的左容才十六歲。

「小蘿不在。」容易被錯認性別的少女淡淡說道，彷彿責任已了地轉身就要關上門。

「搞什麼鬼。」左易的臉色都要黑了，「爲什麼是妳來開門？」

「你好，左易。」黑髮少年從左容身後探出頭，友善地打了聲招呼。

左易對夏春秋的印象還停留在七年前，曾經同寢過的室友面對自己時總是緊張又容易結巴，現在這態度反而讓他很不習慣。

「小蘿和小葉、林綾出門了。」夏春秋靦腆地笑道，「你要進來坐坐嗎？」

左易視線來回落在馬尾少女與黑髮少年的臉上，有種又回到高一暑假的恍惚感。

「左易，」左容挑了下眉梢，「你還好嗎？」

「不。」左易搖搖頭，繃著臉往後退一步。

即使是在夢中世界，即使那只是夏蘿的思念體產物，他的雙胞胎姊姊依舊可以從這個簡單的詞彙領略其中的意思——不，我很好，我沒事，我不想看你們放閃。

「去找小蘿吧。」左容對著他輕點了下頭。

「路上小心喔，小橘會幫你指路的。」

夏春秋語帶關心的叮囑顯然讓左易想起食夢鳥的能力，一把將肩上的小橘揪到掌心裡。

「你不是跟釉釉有感應？」他眉眼俊秀，卻也同時透出凌厲，「爲什麼沒有發現她跟小不點不在這裡？」

「我又不是隨時隨地都開著感應功能。」小橘哼哼兩聲，才不想說牠其實早就知道媽媽不在家，「你在現實世界的時候，會隨時隨地感應周遭有沒有鬼嗎？」

「爲什麼不？」左易按下電梯鍵，叮的一聲，電梯門緩緩往兩側滑開。

「為什麼要？」小橘不可思議地嚷道。

「可以視我心情決定要不要統統清除。」左易說得漫不經心，彷彿在談論的不過是和「天氣很好」同等級的事。

小橘發誓，「清除」那兩字絕對不是像大掃除那般簡單，牠忍不住抖了抖羽毛。

又是叮的一聲，樓層顯示器的數字跳為1，電梯門應聲開啟，左易才剛踏出去，就與正走進公寓裡的兩人打了照面。

「左易，你要出去玩嗎？」身形圓滾滾、臉龐也極為圓潤的男孩親切問道。

「一定是要去找小蘿，對吧。」髮梢微鬈的秀氣少年接了話，「真好，人家也好想找林綾，可惜她不讓人家跟。」

原本只想點個頭、權當打招呼的左易立即停下腳步，喊住了準備進電梯的歐陽明與花忍冬。

「她們去哪裡了？」

「去逛百貨公司了。」回答的是歐陽明，他一邊報了位址，一邊從口袋裡掏掏摸摸，一下子是牛奶糖、一下子是太妃糖，還有各種包裝的巧克力，最末從這些糖果中挑挑揀揀地選出一個遞給左易。

「歐陽，你幹嘛？」花忍冬在一旁看得一頭霧水，「左易不是不吃巧克力的嗎？」這同時也是左易想問的。他看著掌心裡包裝精美、還印有品牌LOGO的巧克力，皺著眉就想退回去。

「他不是要去找小蘿嗎？」歐陽明這句話是對著花忍冬說的，接著又憨厚地朝左易笑了笑，「左易，你去百貨公司的時候可以順道幫我買一下這家的巧克力嗎？」

「媽媽也喜歡。」小橘連忙補充一句，沒說出口的是牠跟釉釉也喜歡。

左易原先要推掉歐陽明遞來鈔票的動作一頓，順勢接過錢。

「拜託你啦，左易。」歐陽明滿心期待地說。

「對了對了，遇到林綾的話，記得幫人家跟她說一下，人家很想她。」花忍冬也不忘交代一下。

左易自動忽略後一個請求，一出公寓大門，就將圈在手心裡的小橘往空中一拋，也不管對方罵咧咧地想要宣告鳥權，不容置疑地說道：

「現在，帶路。」

第六章

夏蘿的左手被容姿明媚的長鬈髮少女牽住，右手則是落在一名戴眼鏡、氣質婉約的女孩手中。

雖然那張白瓷般的小臉蛋沒有明顯的情緒起伏，但一雙黑澈的眸子裡卻閃爍著亮光，彷彿有星屑落在裡頭。

夏蘿喜歡與林綾、葉心恬出門，更正確一點的說法，不管是與兄長或是兄長的朋友們一起出門，她都是開心的。

根據葉心恬的說法，今天是女孩們的專屬聚會，男性同胞必須退散——原本也有邀請左容，不過對方表示她比較想要待在401號。

想到兄長因爲左容這番話而臉頰赧紅的模樣，夏蘿有些忍不住地露出淺淺的笑花，雖然倏忽即逝，但剛好被葉心恬眼尖地捕捉到了。

「小蘿在笑什麼?是想到什麼好笑的事嗎?」葉心恬牽著夏蘿的小手輕晃了晃。

「我也很好奇呢。」林綾的微笑溫柔又舒心，如春風拂過。

夏蘿覺得兄長與左容之間的事應該要等兩人正式交往後再說出來比較好，於是她選擇說出另一件讓她也感到開心的事。

「林綾姊姊綁的頭髮，還有小葉姊姊替夏蘿選的衣服，很喜歡。」

夏蘿戴著草帽，底下的黑髮被梳得又滑又順，其中一綹被紮上一只粉紅色的蝴蝶結，襯著身上穿的天藍色小外套與白色連身洋裝，讓她增添一絲活潑感，看起來可愛又俏麗。

葉心恬那雙漂亮的貓兒眼頓地彎成了新月狀，紅潤的嘴唇也跟著翹了翹。

「本小姐選的衣服當然好看。對吧，林綾。」她邊說還不忘朝另一邊的知性少女確認。

林綾配合地點了下頭，眼神裡滿是縱容。

葉心恬當下驕傲地哼哼兩聲，開了話匣子，嘰嘰喳喳地與林綾說起她對服裝造型搭配的看法。

少女輕快的嗓音如一首悅耳的歌，如動聽又婉轉的鳥鳴。

比起加入話題，夏蘿更喜歡安靜地傾聽她重要的人們愉快地聊著天，會讓她有愉快與安心的感覺。

她心滿意足地握著林綾與葉心恬的手，腳步輕快，小鞋子在柏油路上敲出細微的聲響。

走了一段路後，夏蘿注意到前方景色暗了些，她仰起小腦袋，看見原本湛藍的天空逐漸被灰撲撲的雲朵覆蓋，不僅陽光變得黯淡，還開始起風了。

「奇了，天氣預報明明說今天是好天氣的啊。」葉心恬疑惑地嘟囔。

夏蘿忍不住轉著小腦袋東張西望，想看看她們離目的地還有多遠的距離，驟然變強的風卻猝不及防地吹起她的裙襬，也吹飛她的草帽，連帶露出窩在頭頂上的釉釉。

「啊。」夏蘿低呼一聲，忙不迭一手壓著裙子，一手使勁地伸長，想要抓住草帽。

同樣手忙腳亂的還有葉心恬，她今天穿著一襲漂亮的湖水綠洋裝，下襬也被風吹得就要飄起。

林綾的反應快，伸手、踮腳都是眨眼間的動作，眼見她的指尖就要擦到帽簷時，一陣風卻又突然吹來，將草帽吹得更高了，只能眼睜睜看著它飛得越來越遠，最末打著旋落進一扇敞開的窗戶裡。

「夏蘿的帽子！」黑髮白膚的小女孩睜著一雙黑溜溜的大眼睛，反射性想往那棟半新不舊的商業大樓跑去，卻讓人拉住了手。

「小蘿，妳跟小葉先待在這裡，我去撿帽子，很快就回來的。」綁著長辮子的少女對她溫柔地笑了笑。

「幹嘛不一起去呢？」葉心恬挑起秀麗的眉毛，牽起夏蘿的手就要跟上去。

「因爲我跑得比小葉快，對吧。」林綾朝葉心恬眨了下眼。

被點名的長鬈髮女孩停下來，不滿地噘噘嘴，用表情承認了這個事實，目送著對方大步跑向商業大樓。

風還在陣陣地吹，雖然不至於會再將裙子吹得翻飛不已，不過待在夏蘿頭上的釉釉卻忍不住縮起身體，磨壓著鳥嘴，發出一聲含糊的「好冷」，夏蘿趕忙將牠挪了個位置，改放在洋裝的口袋裡。

「啊，都忘了還有釉釉。」

葉心恬發出恍然大悟的一聲感嘆，引得夏蘿忍不住抬起頭，遞去不解的目光。

話題中的當事鳥倒是在夏蘿的口袋裡睡得正香，小腦袋埋在背部的羽毛內，圓滾滾的身子一起一伏。

「妳想想，如果釉釉醒著，我們不就能讓她飛進去，直接用爪子把妳的帽子抓出來了嗎？」葉心恬比著那扇位在商業大樓三樓的窗戶，越發覺得這是個好主意——雖然現在說已晚了些。

沒想到夏蘿聽了卻是搖搖頭，「只有釉釉不放心，夏蘿是媽媽，要跟著她。」

黑髮白膚的小女孩說得很是認眞，小臉上的表情也很是嚴肅，殊不知這副小大人的模樣落在葉心恬眼裡，讓她立即雙手大張地摟住夏蘿。

「小蘿妳眞是太可愛了！」

夏蘿不懂她剛說的話與可愛有什麼關係，不過她喜歡葉心恬的懷抱，暖暖的、香香的，爲了表示禮尚往來，她也回抱了對方一下，然後有些害羞地鬆開手。

「小葉姊姊也很可愛。」

這句話似乎把葉心恬逗得更開心了，心花怒放地在夏蘿的額頭上親了一下，洋溢在臉上的笑如同一朵盛綻的玫瑰。

一大一小站在騎樓下，一邊等著林綾歸來，一邊聊著天——大都是葉心恬說、夏蘿聽，佐以點頭、搖頭，或是小小的笑花與幾個單音詞。

直到一道又糯又軟的打呵欠聲音響起，葉心恬才止住了話題，與夏蘿同時低下頭。

就見釉釉從口袋裡探出頭，還不忘舒展一下翅膀，牠看看夏蘿，又看看葉心恬，有些困惑地開口。

「只有媽媽跟小葉姊姊在嗎？」

「林綾姊姊去……」夏蘿剛想解釋，突然意識到什麼，忍不住睜大了眼睛，有些緊張地看向葉心恬。

葉心恬顯然也想到同樣的事，連忙拿出手機，急急從通訊錄中找出好友的手機號碼。看著她將手機貼在耳邊聽了好一會兒，又放下，再次重撥電話，這樣的動作反覆幾次，夏蘿的心也不禁越提越高了。

雖然無法確切估計林綾究竟離開了多久，但是不該到現在還不見蹤影，甚至半點兒音訊也無。

「可能是那裡的訊號不好。」葉心恬收起手機，朝夏蘿擠出一個笑臉，「我們直接過去找林綾吧。到時候我一定要唸唸她，怎麼可以讓我們擔心呢？」

夏蘿感到葉心恬將她的手握得更緊了，她仰起小臉，藏去眼裡的不安，堅定地點點頭，相信她們一定可以找到林綾。

商業大樓的一樓入口處是三扇雙開式的不鏽鋼玻璃門，因爲是假日，僅有左側的門開啓，讓加班的職員可以出入。

當夏蘿與葉心恬走進大廳時，最先看到的是位於正中央的雙向手扶梯，只是梯級是靜止不動的——不知是電動機被關掉，或是扶梯是感應式的。

葉心恬急匆匆地就要跑上手扶梯，卻發現夏蘿忽然停了下來，動也不動的。她不由得回頭看去，只見那名黑髮白膚的小女孩正盯著大門附近的櫃台。

「怎麼了，小蘿？」她不解地問，「那裡有什麼問題嗎？」

「沒有人。」夏蘿輕聲地說，目光從不見管理員在的櫃台移開，又環視了大廳一圈。周遭不只空蕩蕩的，還靜得針落可聞，而這種氛圍對夏蘿而言更像是一種死寂。

「管理員可能去巡邏了，這個時候沒看到人很正常。」葉心恬安慰道，輕輕地捏了下夏蘿的手，示意她跟著自己往上走。

兩人一前一後跑上手扶梯，來到ㄇ字形的二樓走廊。夏蘿的腳才剛踏上被打磨得亮晶晶的大理石地板時，燈光驟然暗了下來。

就好像有人將總電源關掉，只餘一樓大門照進來的陽光讓二樓空間不至於變得太陰暗。

但是，「還有光」這個稍微能讓人安心的念頭，在下一秒也被打碎了。

夏蘿聽到嗡嗡嗡的聲音，像是機器運作所發出的聲響，聲源來自下方，她下意識轉頭往下看，卻發現鐵捲門正以極快的速度往下降，光線轉眼間就被阻隔在外。

然後是砰的一聲，鐵捲門底部完全與地面貼合了。

幽暗完全籠罩了整棟大樓，讓人伸手不見五指。

「呀啊！怎麼回事？」葉心恬失措的驚叫聲打破了黑暗裡的靜謐。

「媽媽？」察覺到不對勁的釉釉想從口袋裡掙出來，發出窸窸窣窣的聲音。

「釉釉，待著。」夏蘿輕拍了下口袋，接著急忙往前跨一大步，挨到葉心恬身邊，讓兩人手臂互相貼著，希望藉由這種方式使對方安心，「小葉姊姊，夏蘿在這裡，不怕。」

「我、我才沒有怕呢！小蘿妳也不要怕，我會保護妳的。」葉心恬把這句話說得很大聲，同時將夏蘿的小手握得更緊了。

她急促地深呼吸幾下，空著的那隻手伸進包包裡，拿出手機正準備開啓照明ＡＰＰ，光卻突然出現了。

黯淡的、微弱的火苗在閃爍，卻是被包裹在一盞盞紅燈籠裡，讓它們散發出來的光芒成爲暗沉、不帶活力的紅。

可是夏蘿清楚記得，就在陽光還沒有被鐵捲門阻擋前，二樓的天花板上空無一物。從黑暗降臨到紅光出現，不過是幾個眨眼間的工夫，這麼短的時間究竟是如何掛上燈籠的？

腳下地板光滑如鏡，不只映照出夏蘿的身影，也反射出色澤昏暗的紅光。

上與下，彷彿都掛著燈籠。

不知道爲什麼，夏蘿覺得那些紅燈籠看起來就像是一隻隻無機質的紅色眼睛，輕而易舉地將她與葉心恬的一舉一動都納入眼裡。這個想像讓人不寒而慄。

「小葉姊姊。」夏蘿與葉心恬靠得更緊了。

容姿明媚的少女握緊手機，不安地看看上方的紅燈籠，又看向左右兩旁的走道，忽然無預警地高喊一聲。

「林綾！林綾妳在哪裡？」

夏蘿繃緊神經，全神貫注地試圖捕捉到一些聲響，可是，沒有。大樓裡靜幽幽的，沒有第三人的回應，她們的呼吸聲反而成了僅存的聲音，在這個空間裡清晰無比。

「可惡……林綾，妳快出來！不要躲了！」葉心恬跺跺腳，不死心地又喊了一次。

夏蘿聽得出她的尾音在顫抖，看得到她的睫毛在快速搧動，臉色被刷上一層蒼白。

然而結果還是一樣。

葉心恬的呼喊像是打水漂般，僅僅在空氣中盪漾出淺淺的漣漪，就什麼也沒有了，悄然無聲。

「媽媽，我們先離開這裡好不好？」趁著夏蘿一個不注意，釉釉從她的口袋飛出來，盤旋在她的頭上，「這裡的感覺好奇怪。」

「林綾姊姊在裡面。」夏蘿搖搖頭，記掛著比她們還早進入大樓的長辮子少女。

「可是……」釉釉憂心忡忡地看著那些詭異的紅燈籠。

「釉釉說得對。」葉心恬飛快閉了下眼再睜開，接口道。如同要顯示出她話裡的堅持，她鬆開了夏蘿的手，「小蘿妳先離開，我來找林綾。」

「一起找。」夏蘿不肯鬆口，尤其在她看見葉心恬鼻尖微紅，正努力逼退眼角的水氣，說什麼都不想讓對方單獨待在這棟詭異的大樓裡。

「小蘿，聽話。只要妳沒事，我跟林綾就不會有事的。」葉心恬按著她的肩膀，露出一抹故作鎮定的笑容，「妳是必須離開的那個人。」

夏蘿睜著一雙黑眸，被紅光映得更爲蒼白的臉蛋看起來懵懵懂懂的，然而葉心恬的話中有話卻讓她的心臟猛地跳了好大一下。

模模糊糊的畫面閃過腦海，槐樹、村落、紅燈籠，還有還有……夏蘿試著想要撥開那層朦朧的紗，讓自己看得更清楚，可是那些回憶的碎片消失得那麼快，如流星般轉瞬即逝。

最末只剩下暗紅的燈籠光芒與眼前的紅燈籠疊合在一起。

她眼也不眨，如同在與葉心恬對視，然而焦距卻是渙散的。

「小蘿妳還好嗎？」葉心恬被夏蘿沒有反應的模樣嚇到，忍不住加重捏著她肩膀的力道，「小蘿，妳有聽到我說話嗎？」

「媽媽！」釉釉也焦急喊道。

夏蘿嬌小的身子驀地打了個激靈，臉上的空白終於消失，她有些茫然地眨了眨眼。發現那雙幽黑的眸子又恢復先前的靈動，葉心恬不由得鬆了口氣，輕推著夏蘿往前走。

「小蘿，妳現在去樓下，這種商業大樓都會有緊急出口的，找到它，從……」

葉心恬的句子猛然中斷，不敢置信地瞪大眼，用最快速度將正準備踩上梯級的夏蘿一把拉回來。她的手緊緊箝握住夏蘿的手腕，卻還是無法控制從指尖到肩膀的哆嗦。

不知不覺間，連接一樓與二樓的雙向手扶梯緩緩動了起來，兩條輸送帶的運行方向竟然都是往上的，就見一階一階的梯級經過梳板再倒轉到底下，成爲一個無盡的迴圈。

除了手扶梯電動機運轉的聲音之外，夏蘿還聽見其他聲響，喀喀、咚咚、鏗鏗，如同金屬在相互敲擊、摩擦。

「媽媽，有東西要上來了！」釉釉拔尖聲音發出警告，翅膀拍得越發急了。

正如釉釉所說，乘著手扶梯而上的是一隻隻拿著尖銳利器、身上有紅色黑色縫線交織、如同被人重新拼補過的玩偶，縫在眼睛位置上的不是黑鈕釦，而是兩顆色澤鮮艷的紅鈕釦，遠遠一看，如同兩個血窟窿。

夏蘿不禁倒抽一口冷氣，想也不想地反握住葉心恬的手，扯著她往右側走廊跑。

她注意到了，那條走廊的最底端亮著綠色的安全指示燈，那裡一定有樓梯可以讓她們離開。

跑，快跑，不能留在這裡！夏蘿連回頭都不敢，就怕多一個動作就會多浪費一秒鐘。

最初的驚嚇過後，葉心恬也迅速反應過來，跟著夏蘿的腳步往前跑，一大一小的奔跑聲在走廊上製造出凌亂的回音。

右側走廊除了有安全門之外，還有兩道電梯門，電梯按鈕此刻黯淡無光。

飛在半空中的釉釉不時扭頭注意那些玩偶的動向，發現它們或是倒提著刀子，讓刀尖劃過地板，或是高舉著利剪，上刃與下刃互相摩擦，發出喀嚓喀嚓的聲音。

還有更多玩偶搭著手扶梯上樓。

安全門離她們只剩幾步遠，夏蘿拚命伸長手，想要早一步將那扇厚重的不鏽鋼門推開。

本該毫無動靜的電梯卻無預警發出叮的一聲。

這一聲讓葉心恬下意識看向那座離安全門最近、面板亮起的電梯，也讓她跑步的勢頭頓了下。因爲緊張所滲出的冷汗弄濕了掌心，讓她的右手冷不防從夏蘿的小手中滑出來。

兩個人的手鬆開了，電梯門開啓了。

葉心恬甚至還沒有看清電梯裡有誰，一股力道已猝不及防地拽住她的雙腳，扯得她整個人失衡地重重摔在地板上，撞擊出可怕的悶響。

「小葉姊姊！」夏蘿驚慌失措地想要折回來。

「小蘿快跑！」葉心恬狼狽地趴在地上，只來得及將抓在左手裡的手機使勁往外一推，那股力道就毫不留情地將她拖進電梯裡。

電梯門飛快閉闔，面板又暗了下去，沒有顯示往上或往下，只靜靜地停在原處，好似什麼事都沒有發生過。

「小葉姊姊？小葉姊姊！」夏蘿駭得小臉發白，不斷按著電梯鍵，甚至拚命敲打電梯門，可是門始終閉得緊緊的，半點動靜也無。

「開門！快點把小葉姊姊放出來！」夏蘿哽咽喊道，小手敲得紅了起來，卻不覺得痛，用上的力氣一次比一次更大。

「媽媽，它們追上來了！」釉釉心急如焚地圍著她打轉，「我們要趕緊離開才行！」

走廊轉角處，布偶們正發出咕嘰咕嘰的歡快聲音，高舉著手裡的凶器，刃鋒閃爍出不祥的光芒，在紅光的照射下如同淬了血似的。

夏蘿淚眼朦朧地看了電梯一眼，儘管從指尖到腳趾都在哆嗦打顫，她還是深吸一口氣，眨去眼裡的淚水，撿起葉心恬的手機，命令自己現在、立刻邁開步子往前跑。

小女孩的腳步聲再次在走廊上響起，接著是安全門被撞開的聲音。

夏蘿急匆匆衝進樓梯間，才剛往下跑幾步，就聽到一陣陣尖銳又撓得人心裡發寒的聲音從樓下響起。

透過綠色的指示燈，飛在上頭的釉釉可以清楚看見究竟是什麼製造出這熟悉的聲音。兔子、企鵝、小熊、小貓……各種模樣可愛的布偶拖著比它們還要高出不少的刀子，正逐步往她們接近。

夏蘿也看見了，她腳跟一旋，忙不迭改變方向往上跑，鞋子踩在階梯上的聲音同時也敲進她的心底。

不只後背被冷汗浸濕了，就連額上也覆著細密的汗水，髮絲黏在臉上，她卻無暇撥開，滿腦子只有「跑、跑、跑」。

人在逃生時，如果無法往下跑，就會潛意識地往上跑，跑得越高越好；然而當夏蘿跑到四樓樓梯口時，卻發現通往五樓的安全梯上堆著許多雜物，完全無法繼續前進。

夏蘿立即放棄往上跑的打算，想要伸手去拉四樓的安全門，在手指要碰到門門的前一秒，明明沒有完全密合、還留有縫隙的安全門卻猛地關上，發出好大一聲。

快得讓人措手不及。

一樓、二樓都有拿著凶器的布偶，四樓的安全門被關，不管怎麼拉都無法拉開；通往五樓的樓梯也被堵住，冥冥之中就像有股力量想將她們趕到三樓。

這個認知讓夏蘿心裡一忧。

「媽媽，我們只能去三樓了。」釉釉拍著翅膀落在夏蘿手上，牠的聲音很輕，飽含著憂慮。

夏蘿臉色蒼白地點點頭，雙手攏住釉釉圓滾滾的身子，將牠小心地放進口袋裡。與此同時，釉釉那雙黑葡萄似的眼睛開始泛出幽幽藍光。

夏蘿又看了下堆在樓梯間的雜物，眼尖地發現斜插在裡頭的掃把，匆匆將它拉出來，隨即不再猶豫地轉身往下跑，爭取在那些布偶追到三樓前，搶先一步從安全門衝進三樓走廊。

夏蘿跑得又快又急，心臟在怦怦跳動，幾乎要從喉嚨裡跳出來。眼見還有最後幾個階梯才能抵達三樓樓梯口，她一手撐住扶手，使勁往下一跳。

雙腳落地的同時，她又迅速撐起膝蓋，三步併作兩步地跑向那扇敞開著的安全門，匆匆從那道一人寬的口子鑽進去，反手關門。

夏蘿背抵著門，惴惴不安地打量起眼前的環境。這裡的天花板仍然懸掛著一盞盞紅燈籠，紅光朦朧幽暗，充滿著壓迫感；而它的格局卻與二樓明顯不同，先是寬敞的大廳，接著又有好幾條走廊四處延伸，牆壁上掛著各間辦公室的方向指示牌。

該躲去哪裡？這個地方又藏著什麼？一個接一個疑問閃過夏蘿腦海，她無意識地將掃把越握越緊，不允許自己因爲害怕而發出聲音。

不能怕、不可以怕。

就在這時，身後突然響起篤篤篤、咚咚咚、砰砰砰的聲音，驚得夏蘿肩膀一縮，以極快的速度轉過身，警戒地看著安全門。

那些聲音吵雜又刺耳，即使看不見門外的情形，夏蘿也可以想像得到那些玩偶是如何揮舞著手上的利器。

慶幸的是，那些玩偶就算把門敲得再響，也沒有突破這扇厚厚的不鏽鋼門板，夏蘿終於鬆開繃得緊緊的肩膀，吸了口氣，又緩緩吐出來，好調整下急促的呼吸。

也在這時候，她才後知後覺地發現自己咬破了下唇，又腥又甜的味道在嘴裡擴散開來，混著唾液被她嚥下。

夏蘿不願再逗留在安全門前，小跑著來到大廳中央，忽地聽見叮的一聲，其中一台電梯的面板倏地亮了起來。

即使知道機率很小，但微弱的希望如同一蓬小小的火苗在心中燃起，讓她忍不住頓下腳步，屏氣凝神地看著往兩側滑開的電梯外門及內門，祈禱著那名容姿明媚的長鬈髮少女可以平安無事。

「媽媽？」釉釉從口袋裡探出小腦袋，夏蘿的停立讓牠不明所以地喚了一聲。牠的眼睛已經褪去幽幽藍光，恢復成原本的黑亮。

夏蘿沒有看牠，只是用指尖安撫性地摸摸牠的背羽，眼也不眨地盯著電梯。電梯內的蒼白燈光閃閃爍爍，與廳中的黯淡紅光形成強烈對比。

然後，夏蘿聽到了咕嘰咕嘰的複數笑聲，她頸後的寒毛瞬間豎了起來。

叮，又是一聲電梯抵達樓層的聲音，在門緩緩開啓時，搭乘第一座電梯上樓的玩偶們已經興高采烈地擁出來。

「媽媽，快跑！」釉釉急忙飛出，嬌糯的聲音拔成緊促的高音。

可是夏蘿僅是後退數步而已，她將掃把橫擋在身前，從腳底板竄上的冷意讓她的指尖又開始發顫了，但視線卻不肯從另一台電梯移開。

她必須要看一看，她要知道小葉姊姊有沒有在裡面。

電梯門終於完全打開，卻是空無一人。

一隻小熊玩偶猛不防加快速度跑來，從地上跳起，舉得高高的刀子對準夏蘿的手臂就要刺下。半空中的釉釉尾羽大張，俯衝而下，將它狠狠撞開，刀子匡啷地掉落在地。

這個動作就像是個導火線，其他玩偶不再發出歡快的笑聲了，而是生氣地咆哮起來，甚至有幾隻玩偶將手中的利剪對準釉釉，眼看就要拋擲而出。

「不許對釉釉動手！」夏蘿握緊手裡的掃把，朝它們拍過去。

「媽媽，先找地方躲起來！」釉釉再次飛到夏蘿頭頂上，連聲催促，「小橘跟爸爸很快就會到了。」

夏蘿小幅度地點點頭，又用掃把掃開幾隻玩偶，替自己爭取到一個緩衝空間，這才拔腿就跑。

廁所不行，茶水間不行……夏蘿邊跑邊著急張望，只要一看到辦公室的門出現在眼前，她就會衝上前去握住門把，用力轉了轉。

無法打開、無法打開，一連幾扇門都是上鎖狀態，但夏蘿仍不死心地繼續先前的動作。

喀。就在走廊即將到底，夏蘿感覺被她轉動把手的那扇門遽然動了，她正想開口呼喚釉釉躲進來時，卻是——

一腳踏空。

門後面根本不是辦公室堅硬的地板，而是看不見盡頭的幽暗深淵。

「媽媽！」釉釉發出撕心裂肺的尖叫，義無反顧地往夏蘿被吞噬的方向俯衝而下。

第七章

街道兩旁的建築物高聳林立，透明的玻璃櫥窗擺著各色商品，被裝飾得像一個個炫目的珠寶盒，不時有人走著走著便會突然停下腳步欣賞。

因爲是假日，路上人潮比平時還要多，穿著外套、用兜帽遮住一頭張揚紅髮的左易走在其中，顯得很不惹眼。最多會引得他人多看兩眼的原因，就是單腳站在他肩上的小橘了。

那並非人們所熟悉的鸚鵡、畫眉、綠繡眼或金絲雀，而是有著像蒙眼帶的黑色眼紋，棕紅色背羽的伯勞鳥。

當然，如果有誰跟在左易身後，或是多瞧上一會兒，就會發現那隻鳥兒三不五時會湊到小男孩的耳邊。

如同在說著悄悄話似的。

事實上，這個夢中世界的街道分布對左易而言是陌生的，即使歐陽明告知了百貨公司的位址，他也不知道那棟建築物在哪裡，引路的責任自然落在小橘身上。

空曠的地方，左易會讓小橘直接在空中帶路；人車多的商圈裡，就會勉爲其難地出借肩膀，允許牠站在上頭指引方向。

由於已經從夏春秋嘴裡得知夏蘿與林綾、葉心恬在一塊，即使那兩人是思念體所化，但只要有人顧著夏蘿，左易就能比較安心。

他的步伐悠閒，雙手插在口袋裡，眼睫半垂，看起來像是沉浸在自己的世界裡，然而一路行來卻沒有與任何一人擦撞到。

即使身邊是熙熙攘攘的人群，店舖裡的音樂聲與人們的笑鬧談天聲疊在一起，製造出嗡嗡嗡的噪音，左易仍舊可以不受影響，安靜又專注地梳理腦海中的思緒。

當他身上沒有散發出那股尖銳且生人勿近的氣息時，就連小橘都會錯將他當成普通的人類小孩。

不過血淚的教訓讓牠不敢輕忽大意，左易現在沉默，不代表下一秒就不會吐出尖銳又刻薄的言語。

想想那憋屈的共處一室的生活，想想三不五時就被對方用靈力所化的紅絲纏住腳丟出去，小橘一點也不想破壞此時難得的和諧氣氛。

牠一邊告訴左易接下來該左轉還是右轉，一邊無聊地東張西望，下一秒，一抹幽藍色的光芒無預警從牠眼裡漫出。

左易敏銳地察覺到肩上鳥兒一僵，不禁擰起眉，準備將牠抓下來問個究竟時，小橘猛然張開翅膀，振出啪沙一聲，瞬間飛到空中，也不管自己口吐人言會引來多少注目，急吼吼地拔高了聲音。

「快點跟上來！媽媽的惡夢出現了！」

左易臉色一變，眼見有人正牽著腳踏車走過來，似乎在尋找停車位，他一個箭步衝上去，毫不猶豫就朝對方脛骨一踢，在那人痛得鬆手的同時，直接奪過腳踏車跨上。

「我的車……停下來！把我的車還給我！」

氣急敗壞的咒罵聲一下子被左易拋在身後，腳踏車奔馳的速度又快又猛，幾乎像在人行道上橫衝直撞，但每當快要撞上人的時候又會險之又險地避開——當然，更多的行人都是驚叫著往兩邊退去。

左易飛快地騎著腳踏車尾隨在小橘後方，人行道上還不用擔心其他來車，可是一到馬路上就不得不受紅綠燈限制，這樣太浪費時間了。

心念一動，左易單手握住把手，空出的一隻手迅速從口袋摸出手機，一心二用地邊騎車邊打電話給守樹人。

手機另一端很快就被接通，低啞中透著冷淡的嗓音剛「喂」了一聲，左易連個招呼都沒有，直接提出要求。

「堇姨，幫我開路，我需要一路綠燈。」

「你們在哪一區哪條路？」守樹人也不囉嗦，直接問道。

「我們在哪一區哪條路？」左易吼向飛在上方的小橘。

「西區黃槐路！」小橘也用同樣大的音量吼回去。

「給我一分鐘。」

這句話就像一顆定心丸，左易把手機塞回口袋裡，踩著踏板的力道與速度絲毫沒有減緩，在一通汽機車的喇叭聲之中，他滿意地看到前方的號誌燈全都轉作了亮晃晃的綠色。

相較於商圈的熱鬧，拔地而起、如同一座方碑的商業大樓靜得像一灘死水。

看著將大門入口遮擋得嚴嚴實實的鐵捲門，左易右腳一蹬，再次騎著腳踏車沿著大樓外層繞到後方，小橘也連忙跟上。

幸運的是，雖然前門無法進入，但安全門並沒有上鎖，左易將腳踏車丟在一旁，一把拉開沉重的門，如貓似地鑽進大樓內。

與外頭的熾烈陽光、明亮天色截然相反，大樓裡一片昏暗，陰影潛伏其中，螢綠色的指示燈成為唯一的色彩。

「靠，好暗。」小橘有點分不清東南西北了，試著用眼睛捕捉人類小男孩那一頭鮮豔的紅髮。

解救牠的是一道驟然亮起的白光，不算太強烈，外層光暈有些朦朦朧朧的，但已足以驅逐部分黑暗——那是手機發出的光。

左易拿著手機，與一般人初到陌生處所表現出的戰戰兢兢、謹小慎微相反，他前進的腳步沒有猶豫，大步流星地順著走廊來到大廳。

這個地方的能見度又比方才的走廊還要再好一些，只要一仰頭就可以看見二樓天花板上懸掛著一盞盞紅色燈籠。室內無風，它們卻在輕輕地搖晃，斑駁的光影落在大廳正中央的手扶梯上，讓這個區域透著一股詭異與陰森。

大廳空曠，不見人影，靠近不鏽鋼玻璃門的櫃台上放著一個「巡邏中」的牌子。

「樓上，媽媽在樓上！」小橘僅在半空中停頓了下，就奮力地一振翅膀，往走廊呈ㄇ字形的二樓快速飛去。

連接一、二樓的手扶梯照理說應該是雙向通行，但兩條輸送帶的運行方向卻是相同的，只供人上樓，無法下樓。

小橘有翅膀，根本不須關注手扶梯究竟有沒有異狀；而左易卻是連一絲遲疑都沒有，邁開步子立即跑上去，一次還連跨兩個梯級。

「快點、快點，跑快一點啊！」小橘大聲催促，牠也知道左易的動作已經很快了，但牠就是急，深怕慢上一秒會出什麼不可挽回的事。

牠焦慮地在空中飛來飛去，既是在等待左易上樓，也是在偵測著周遭的動靜，預防突來的危險。

可是小橘還是疏忽了，紅燈籠所散發出的光芒本就黯淡昏沉，無法將每個地方都照亮，尤其是那些犄角旮旯，一層陰影籠罩在上，成爲小橘的視線死角。

當五、六隻玩偶揮舉著利刃，發出咕嘰咕嘰笑聲地從二樓圍欄下方陰影處跳出時，小橘根本沒有反應過來。

牠只能眼睜睜看著那些縫線粗糙的玩偶用與它們軟綿綿身子不搭的速度踩上圍欄，朝手扶梯一躍而下。

所有亮晃晃的刀刃尖端都直指左易。

「小心！」小橘頸後羽毛豎起，緊張得連叫聲都要分岔了，但下一句的「快閃開」卻因爲眼前的畫面而堵在喉嚨裡，遲遲發不出來。

牠看到鞭柄狀的法器不知何時已滑到左易掌中，一縷縷色澤暗紅的光絲從法器前端竄出來，交纏再交纏，當它們被揮甩出去的時候，那看起來真的就像是一柄鞭子了。

那些玩偶們根本連接近都做不到，轉眼間就被橫掃而來的光絲全部擊落在地，同時還伴隨著像是物體被火焰焚燒的滋滋聲響起。

小橘的鳥喙張得開開的，幾秒鐘後才像是意識到自己這模樣太傻，忙不迭閉上嘴，含糊地發出像是「我靠」的聲音。

而那名紅髮小男孩的神色卻變都沒變，恍若剛剛發生的一切都在預料中。

但是小橘跟左易好歹相處過一陣子，還是眼尖地發現到對方的情緒並不是完全平靜的，一絲戾氣從他眼中透出來。

「在哪裡？這一樓嗎？」左易跨過手扶梯的梳板，示意小橘帶路。

身爲食夢鳥，小橘雖然可以感應到釉釉的存在，卻無法解析出大樓內部的結構與空間分布，只能給出一個方向。

「不是。」小橘飛降到左易的肩膀，抬頭往上看，「在樓上。」

接著牠又把視線移回右側走廊，可以瞧見兩道電梯門就立在那裡，再遠一點則是標著「緊急出口」四字的螢綠色指示燈。

「那裡，安全門，媽媽她們是從那裡走的。」小橘透過釉釉殘存的氣息指出方位。

左易立即邁開腳步。

經過電梯時，只聽到叮叮兩聲，一直悄無動靜的面板倏地亮了，就見兩部電梯的門慢慢縮進門框裡，露出電梯內的身影。

左邊的電梯裡是綁著長辮子、婉約恬淡的眼鏡少女，右邊的電梯裡則是容姿明媚、長鬈髮披散的女孩。

她們的氣質如此迥異，唯一的共通點就是她們此時都是雙眼緊閉，如同陷入昏迷。

左易卻僅是瞟了她們兩人一眼，就繼續往安全門的方向走。

「喂，等一下，臭老頭。」小橘叼住他一撮髮絲，用力扯了下再鬆開，「那是林綾跟葉心恬耶！」

與習慣喊夏春秋等人爲哥哥、姊姊的釉釉不同，小橘通常是連名帶姓地叫，此刻見著左易居然就這樣視而不見地走過去，整隻鳥都有點傻住了。

「我沒瞎。」左易冷淡回道。

「那爲什麼不把她們弄出來？」小橘一邊拍著雙翼追上他，一邊忍不住頻頻看向後方，「她們如果出事的話怎麼辦？」

左易像是忍無可忍地皺了下眉，冷不防將牠從半空中扯下來，警告性地捏在掌心裡。

「我知道慢一步的下場是什麼，我不會允許自己再犯第二次的錯。」

小孩子的聲音雖然清亮，卻透出如同金屬般的冰冷質感，小橘被凍得連反抗都忘了，牠忽地想起守樹人曾提過的代神村悲劇，以及牠與釉釉最喜愛的媽媽爲何會沉睡在槐樹的事。

「收起你不必要的同情心，帶我去找小不點。」

左易說完這句話就鬆開小橘，頭也不回地往前走。電梯門在他們身後又慢慢關起，將兩名少女完全遮擋住。

安全梯的空間更加陰暗，左易又拿出手機充當臨時照明，腳下不停往上跑。當他來到三樓與四樓之間的樓梯口時，飛在他前方的小橘忽然罕見地放慢了飛行速度，有些猶豫地來回盤旋。

「哪個方向？」左易沉聲問道。

「上面……」小橘看看通往四樓的樓梯，準備飛上去之前又突然煞住，硬生生轉了個彎，「不對，是這裡！往這裡走！」

左易立即推開安全門，幽暗紅光流洩而出的瞬間，一只手持利剪的兔子玩偶就要朝他扎來。

他反應很快，一腳踢中玩偶塞滿棉花的肚子，同時手機與鞭柄狀法器也已換手。洶湧而出的暗紅光絲迅雷不及掩耳地鞭擊上從四面八方撲來的其他玩偶，驚恐淒厲的尖叫此起彼落，金屬利器落地的聲音更是不絕於耳。

小橘幾乎可以想像，這些有著粗糙縫線、眼睛縫著紅鈕釦的玩偶原本是半聲不吭地躲在門後、牆邊，滿心期待要給他們一個措手不及的伏擊——

結果措手不及的反倒變作了它們。

由靈力所化的暗紅光絲威脅有多大，小橘早有過切身之痛，待那些如靈蛇的光絲倒捲回法器裡時，牠才鬆了口氣地拍拍翅膀，繼續追尋釉釉與夏蘿的蹤跡。

他們從其中一條走廊轉進去，大部分辦公室都大門深鎖，但跑了一段路後，左易注意到有一間辦公室的門搖搖晃晃的，在安靜的廊道上發出咿咿呀呀的聲音，細微，卻清晰無比。

可是小橘沒有停下來。

於是左易的目光也僅是一掃而過。

□

像是陰雨綿綿、晾在架子上的衣服遲遲無法乾透的潮濕氣味，再混著屯積許久的灰塵，調配出讓人倍感不適的霉味。

夏蘿冷不防被這股味道嗆醒，一連打了幾個小小的噴嚏，茫茫然地睜開眼睛，放眼所見卻是一片黑暗。

四肢沉甸甸的，有些發軟，腦子的思考都變成了慢半拍，她晃了晃小腦袋，努力抬起右手，往臉頰重重擰下去。

尖銳的刺痛立即從神經末梢竄出，直擊發暈的大腦，夏蘿的意識終於全部回籠。她惶惑地眨眨眼，反射性想要爬起來先一探究竟，頭頂卻猛地撞到硬邦邦的東西。

這一下撞得太狠，夏蘿抱著頭，蜷縮著身子，不斷深呼吸，眨去快要奪眶而出的淚珠。

好不容易捱到火辣辣的疼痛過去，她才緩緩吐出一口氣，試圖打量起周邊環境，然而她的視界仍舊被漆黑填滿，伸手不見五指。

霉味搔刮著嗅覺神經，讓夏蘿覺得喉嚨裡好像有一隻手在撓呀撓的，癢得她不舒服。

方才的那一記撞擊讓夏蘿不敢再莽撞，她小心翼翼地舉起手，一直到她終於碰觸到硬實的上壁，才意識到自己所待之處連讓她站起的高度都沒有，跪坐著低下頭已是極限。

怎麼回事？為什麼自己會在這裡？夏蘿又試著往周邊摸索，相較於高度的限制，這個地方似乎顯得寬敞許多。即使夏蘿使勁地將小手伸得長長的，都觸摸不到任何東西。

夏蘿雖然命令自己要冷靜，可是發顫的指尖還是出賣了她的心情。她不安地轉頭四處張望，一雙黑眸睜得大大的，想要盡快適應這裡的黑暗。

「媽媽……」

微弱的呼喚聲從不遠處響起。

「釉釉？」夏蘿心急如焚地想要找出釉釉的位置，可是這裡實在太黑了，無法判斷那道糯糯的嗓音在哪個方位。

「釉釉！」夏蘿大聲喊道，跪伏著用雙手往四處摸索，突然感覺到裙子口袋裡有個東西沉沉地敲擊出叩的一聲。

那是什麼？夏蘿愣了下，伸手摸向口袋，堅硬的方形物體讓她立即意識到這是葉心恬的手機——那名長鬈髮的女孩在被電梯吞噬之前，用力地將手機往外一推。

「小葉姊姊……」夏蘿發現自己的聲音透出哽咽，連忙咬住下唇，吸了吸發酸的鼻子，拿出手機打開手電筒的ＡＰＰ。

驟然亮起的蒼白光芒瞬間逼退眼前的黑暗，夏蘿一邊喊著釉釉的名字，一邊舉著手機往四周一照。

「媽媽，好亮……」釉釉含糊不清地說。

夏蘿連忙朝牠爬去，將手機擱在身邊，輕柔捧起牠圓滾滾的身子，藉著白光仔細察看。

「沒事，就是還有些昏昏的……」釉釉在她掌中翻了一下，毛茸茸的小腦袋蹭了蹭她的手指，「媽媽妳還好嗎？」

「夏蘿也沒事。」夏蘿細聲細氣地說，將牠放到肩膀上，「要抓好，不要掉下來。」

「好的，媽媽。」釉釉聽話地點點頭，兩隻小爪子緊緊勾住那件天藍色的外套。

夏蘿再次舉起手機，想要看清楚這個充滿壓迫感的空間究竟有多大，但從手機發出的白光卻遲遲照不到盡頭，越是向後延伸，光芒變得越是微弱。

前後左右四個方向都是如此。

不可以哭。夏蘿將下唇咬得更緊了，深呼吸好幾口氣，一手緊緊握住手機，一手先是搥了搥上方，接著又拍打起底下的地板。

兩者的聲音出現了明顯的差異。

上方的牆壁是堅硬厚實的，下方的地板……不，或許不能稱之爲地板，而是隔板。它的底下似乎還有空間，當夏蘿拍打時，會發出砰砰砰的空洞聲響。

夏蘿趕緊把手機光源對準下方，她看見底下鋼架橫亙，支撐著那些隔板。

一個可怕的念頭倏然在腦海中成形。這個地方……該不會是輕鋼架與天花板所隔出來的空間？

寒意蜿蜒地爬上夏蘿背脊，明明周遭悶熱，可是她卻不住發冷，心臟更像是被緊緊捏住，快要讓她喘不過氣了。

「媽媽，我們可以打電話給爸爸。」釉釉偎向夏蘿頸邊，糯糯地說。

夏蘿像是這時才意識到拿在手上的東西其實是個聯絡工具，連忙按下左易的手機號碼。撥號的圖像在螢幕上閃了又閃，可鈴聲最終都轉爲盲音，試了幾次都一樣。

夏蘿告訴自己不要沮喪，如果、如果這裡眞的是天花板上的隔間，只要掀開隔板，就可以下去了，對吧？

這個想法讓夏蘿精神一振，她放下手機，讓白光繼續映照著上方，手指則是摸索著隔板的縫隙，試圖找到可以撬開的地方。

啪沙啪沙……

夏蘿的動作僵了一下，她抬起頭，驚疑不定地四處張望，甚至還不安地再次抓起手機，伸長了手往遠處一照，卻看不出任何異狀。

也許是聽錯了吧。夏蘿自我安慰地想，又將注意力移回隔板上頭。

啪沙啪沙……

「媽媽，妳聽到了嗎？」釉釉伸長頸部，有些遲疑地問道。

夏蘿停下動作，這一次，她終於捕捉到聲音的來源了。

在後方！她的心臟重重一跳，連一聲「是誰在那裡」都沒有問出口，當下的動作就是抓起手機朝身後一照。

明明之前已經確認過空無一物的後方，此刻在距離夏蘿幾步遠的地方竟出現一名陌生的小女孩。

她的眼睛又大又圓，不見半絲眼白，只有一片沉暗暗的黑色。她的膚色蒼白，像是冰冷的月光，然而嘴唇卻紅潤得如同會滴出血。

小女孩是四肢著地爬行的，衣料摩擦著隔板，才會發出一陣陣啪沙啪沙的細響。

她與夏蘿對上視線，光滑的小臉蛋咧出一抹笑，柔弱無骨的手指彎曲著招了招，恍若綻放在幽暗裡的白花。

「來我這裡……」

夏蘿後頸猛地竄起了雞皮疙瘩，雙手撐在隔板上連連往後退。

「走開！不許過來！」釉釉的羽毛倏地蓬起、尾羽張開，厲聲喊道。

「來我這裡嘛。」小女孩往她們的位置又靠得更近了，又尖又細的嗓音迴盪在隔間裡。

「不。」夏蘿慌張地想要爬開，才剛匍匐幾步，右腳踝卻驟然被緊緊抓住，冰冰涼涼的手指纏捲其上，像是滑膩的小蛇。

「爲什麼要逃走呢？」小女孩用天眞的語氣問道，「妳不喜歡我替妳準備的地方嗎？」

夏蘿掙扎著想將右腳抽出來，可是箝在腳踝上的小手卻越握越緊，五根細幼的手指好似巴不得嵌進夏蘿的皮膚裡，不管她怎麼扯動都是徒勞無功。

「我想要妳跟我玩，我想要妳成爲我的養分。」小女孩咕嘰咕嘰地笑了，說著夏蘿一點兒也聽不懂的句子，「哪哪，妳喜歡大大的房子嗎？」

「放開媽媽！」釉釉飛到小女孩手邊，死命啄著她的手指，想要讓她因疼痛而鬆手。即使食指被啄得皮開肉綻，小女孩卻像是感受不到疼痛，那隻小手仍舊把夏蘿的右腳踝握得好緊；空著的另一隻手猝不及防地一把捉住釉釉，手指開始收束，掐捏得釉釉連聲音都發不出來了。

「釉釉！」夏蘿不管不顧地用左腳朝小女孩的臉踢去，她踢得是那麼大力、那麼地重，喀，令人感到不適的清脆聲音在幽閉的空間裡響起。

小女孩的手鬆開了，不只是抓著釉釉的左手，還有箝握住夏蘿腳踝的右手。她的頭呈現

古怪的角度，可是那張小臉卻是笑得越發燦爛，白淨得像是會反光的肌膚忽然無預警出現點點紅斑，接著那些紅色彷彿失控般不斷擴散湧現，很快就將潔白的肌膚吞噬得一乾二淨。

它們的顏色不斷變深，深得好似潰爛一般，啪嗒啪嗒地往下掉。

夏蘿覺得渾身發冷又想吐，她喘著氣，想要壓抑那股反胃感，大聲地喊著釉釉。

砰砰！

下方的隔板忽然傳來一陣拍打聲響，緊隨在後的是一道緊繃又焦慮的呼喊。

「小不點，是妳嗎？快回答我！」

熟悉的聲音讓夏蘿身子一震，不敢置信地瞠大眼，幾乎以爲自己產生幻聽了。

「小不點！」下方的人又大喊一次。

夏蘿回過神來，一手攏住朝她飛來的釉釉，一手拍著之前傳出聲音的隔板，也跟著大聲回應，「小易，在這裡！」

啪的一聲，那塊隔板猛地被人從下方掀開，光亮瞬間衝進了隔間裡，連帶進來的還有絲絲縷縷的暗紅光絲。那些光絲繞過夏蘿，在她與小女孩之間飛快地編織成網。

「我的！她是我的！不許阻礙我！」小女孩憤怒地撲上前，手指一碰觸到紅線，火苗瞬間就從那處竄出，不留情地燙灼她的皮膚。

她如同受到驚嚇般地想要退開，光網卻極有延展性地自動將她迅速包裹在內，炙熱的高溫燒出她的尖厲慘叫。

「媽媽，快下去！」小橘從缺口處飛上來，拍著翅膀懸停在半空中，發急地催促道。

夏蘿心慌意亂地回頭看了眼後方，熾紅的光芒已完全遮掩住小女孩的身影；她又往隔間下方看出去，有著一頭張揚紅髮的小男孩就站在桌子上，一與她對上目光，立即伸出雙手。

「跳下來，小不點，我會接住妳的。」

他的語氣如此沉穩堅定，夏蘿咬著下唇，點點頭，閉上眼往下一跳，感覺到兩隻手穩穩地接住自己，將她帶進一個溫暖的懷抱裡。

「沒事了，妳沒事了。」

聽著耳邊那放得又輕又緩、試圖讓她安心的安撫聲，夏蘿慢慢睜開眼睛，這才注意到隔間的下方原來是一間寬敞的會議室，而他們正站在環形會議桌的中央。

她的嘴唇囁嚅，想要詢問左易是如何找到她們的，但小橘氣急敗壞的咒罵卻比她先一步響起。

「該死、該死！那個不是惡夢本體，沒有碎片！臭老頭你……你還不快點放開媽媽！」

第八章

左易是被小橘引來這間大門深鎖的會議室前的。

比起去質疑「這個地方根本沒有被進入過的跡象，夏蘿眞的有可能在裡頭嗎？」，在確認那扇厚重門板並不是他現在的身形可以撞開後，他立即把目光移向不透明的隔間玻璃窗。

用手指敲了敲，從聲音大略判斷出玻璃窗厚度，他突然一聲不吭地轉身就跑。

這種火燒眉毛的時刻卻瞧見左易做出這樣的反應，小橘眼睛都瞪大了，立即振翅追上。

「喂！等等，臭老頭你要去哪裡？」

「待著，我等下回來。」左易頭也不回地抛下話。

眼睜睜看著那抹矮個頭的身影瞬間消失在視線範圍，小橘只能心急如焚地在會議室門前不停兜著圈子。

就在小橘以爲自己會成爲第一隻因爲焦躁過度而亡的鳥兒時，左易終於回來了，他腳步匆匆，手裡還提著一支滅火器。

「啊。」小橘發出了像是恍然大悟的聲音，忙不迭飛到高處，緊張地看著左易舉高滅火器，朝方形格間玻璃窗狠狠砸下去。

一下、兩下……蛛網般的線條飛速蔓延，當滅火器底部再次撞擊在蛛網中心點的時候，頓地聽見匡啷一聲，玻璃片片剝落。

但左易仍沒有放開滅火器，他快速用底部敲掉那些還殘留在窗框上的玻璃尖片，再脫下外套鋪墊在上，這才雙手撐扶住窗框，動作俐落地翻進會議室裡。

「在哪裡？」左易一邊按下電燈開關，一邊難掩焦灼地問道。整間會議室充滿讓人不快的黏悶渾濁感。

「在……」小橘瞳孔因驟亮的白熾燈光而縮了縮，牠停在左易的肩膀上，身體挺直、伸長頸部。

「上面」兩字還來不及出口，小橘與左易便聽到了喊聲。小女孩一向軟軟的嗓音此時拔得那麼高，語氣如此驚恐，彷彿遭遇到什麼可怕的事。

這個念頭讓左易心臟一緊，眼見憑自己的身高根本搆不到上頭的白色輕隔間板，他立即將一張椅子搬上環形會議桌，站在椅子上，朝隔板大力拍打。

「小不點，是妳嗎？快回答我！」

上方卻驟然陷入一片安靜，這突然出現的空白讓左易幾乎要不能呼吸了，像有一隻手正捏住他的心臟，手指越收越緊。

「小不點！」他焦躁地大吼。

「小易，在這裡！」

終於，小女孩的聲音再次響起，這次伴隨著的還有回應方位的拍擊聲，左易又重新感受到空氣流進肺部裡了，他的指尖因爲如釋重負而微微發抖，但這並不影響他使勁拆下隔板的動作。

嗆鼻的霉味一下子湧了出來，左易卻是連眉頭都沒有皺一下，小臉繃得緊緊的，鞭柄狀法器滑至掌心，暗紅光絲迅雷不及掩耳地從法器前端脫出，如一條條身姿靈活的蛇，飛速鑽進頭頂上的缺口。

小橘也立即拍著翅膀尾隨進入天花板上的隔間，隨即就聽見憤怒的尖叫與心急火燎的催促一前一後響徹在那幽暗的空間裡。

「我的！她是我的！不許阻礙我！」

「媽媽，快下去！」

左易一邊分神操縱光絲，一邊跳下椅子——那張椅子的座板不大，四根椅腳又太細了。

只見一張蒼白小臉忽地從隔間缺口探出，那雙黑眸閃爍著驚疑不定，在與左易對上視線時微微地睜大了。

「跳下來，小不點，我會接住妳的。」

他語氣篤定地伸出手，而夏蘿就像是永遠都不懂得懷疑他一樣，點點頭，毫不猶豫地往下跳。

翻飛的白色裙襬讓她看起來就像是白蝶翩翩落下。

左易如他所言穩穩地接住夏蘿，低聲安撫著捧起她的小臉蛋，仔細檢查頭部有沒有受傷，接著又抬起她的手臂，一看見被磨得破皮發紅的手肘，臉色頓時沉了下來。

但隨後響起的罵罵咧咧讓本就不好看的臉色又覆上一層陰霾。

「該死、該死！那個不是惡夢本體，沒有碎片！臭老頭你……」

從隔間缺口飛出來的小橘一看清楚會議桌上的兩人靠得那麼近，原本想要詢問左易意見的句子立即拔高成一聲破口大罵。

「你還不快點放開媽媽！」

「確定沒有看到碎片？你有仔細檢查過嗎？」左易的確是鬆開手了，但並不是因爲小橘的憤怒之火，他先跳下會議桌，再伸手扶住夏蘿，讓她慢慢從桌上滑下來。

「確定！肯定！」小橘忿忿地嚷嚷，如果眼刀可以實體化，牠都能在左易身上扎出好幾個洞了。

「有碎片出現，我們一定不會錯過的。」

另一道嬌嬌的聲音接口道，就見釉釉飛出夏蘿的口袋，拍著翅膀來到她頭頂，安心地在自己的特等席窩了下來。

「是嗎？」僅僅是這兩個字逸出唇齒的時間，左易已經做出決定。他握住夏蘿的小手，不讓她離開自己身邊，拿出手機飛快地用單指打字。

懸停在上方的小橘可以看見左易正在傳簡訊給守樹人，那是一串地址與一句「快來接小不點」。

但是，左易是怎麼知道這棟商業大樓的詳細地址？小橘納悶地晃了晃尾巴，最多只會知道在哪一區、哪條路吧……

不，等等，那傢伙的確是可以從某個地方看到大樓的地址，那就是門牌。眞的假的？那麼短的時間，居然僅靠一眼就記下來了？小橘震驚得頸後的羽毛都要蓬起來了。

左易才剛發完簡訊，夏蘿就輕輕拉了下他的手。

「小易，夏蘿要去找小葉姊姊跟林綾姊姊。」

「她們沒事。」左易面不改色說道，同時還暗暗睨了上方的小橘一眼。

這幾天的綁定生活足以讓小橘知道這個眼神的意思，無非就是：敢拆穿就宰了你。

或許是覺得只說這一句無法讓夏蘿安心，左易又補充道：「小橘有看到她們離開大樓了。」

不是「蠢貨」、「蠢鳥」或「喂」，第一次被左易這麼好聲好氣地喊著名字，比起受寵若驚，小橘更想啄他一啄。

夏蘿那張蒼白的小臉看起來雖然無波無瀾，但一雙眨巴著的圓黑眸子卻滿懷期待地瞅著小橘不放。

「是的，媽媽，我有看到。」小橘乾巴巴地說，怕自己再多看夏蘿幾眼就會流露出心虛，牠忙不迭拍著翅膀躲到左易另一邊肩膀上。

「太好了。」夏蘿忍不住露出一朵小小的笑靨。

這讓小橘越發有罪惡感，要不是用翅膀蒙著頭的姿勢實在太傻，牠真想把自己藏起來。

左易自然是沒興趣搭理一隻鳥的心理狀態，夏蘿能安心，是最重要的事了。

「我們出去吧。」他自然而然地牽著夏蘿走出會議室，不忘叮囑她小心地上的玻璃渣。

惡夢還隱藏在大樓裡，搭乘電梯並不是個好主意，左易打算帶夏蘿從安全門離開，然而才走了一小段，眼前景物卻倏地變得扭曲又模糊。

就像是原本的景致被沾了顏色的畫筆用力抹掉，濃稠到幾近漆黑的黛藍色越來越多，它們吞噬掉平板燈、大理石磁磚、走廊上一扇扇門板，取而代之的是重新被繪製在畫布上的新景物。

如同被大火焚燒過，有著黑色焦枯外皮的樹一棵棵出現了，但竄出枝椏的葉子卻是與樹幹截然不同的白，它們數量繁多，本該看起來生機盎然，卻因顏色而顯得蒼白又死氣沉沉。

左易臉色一變，握緊夏蘿的小手，想要先退回會議室裡，然而一轉頭，身後並不是筆直的走廊，而是與前方並無二致的景象。

深藍天空、黑色樹幹、雪白葉片，在他們的頭頂上方還懸掛著一輪明月。

月光燦爛絢麗，銀白的光線從葉隙間紛紛灑下，像是銀色的細雨，將色澤黯淡的樹木鍍上一層朦朧的微光。

這是一座美麗又詭異的森林，他們就站在被枝葉夾裹住的小徑上，周邊靜得不可思議，這也讓小橘倒抽口冷氣的聲音變得清晰又響亮。

左易還沒側頭看牠的狀況，就先讓夏蘿頭上的釉釉拉去注意力。

一向給人天真嬌憨感覺的灰白色鳥兒，這一刻是瞪圓了眼睛，從身體到每根羽毛都在哆嗦地打著顫。

但是左易很確定，在他們踏進這個虛幻的空間時，除了那些顏色古怪的樹木之外，並沒有出現任何稱得上可怕的東西。

小橘與釉釉的反應就像是牠們並不是第一次看到這座森林，牠們來過這裡，更甚者，牠們曾經在森林裡遭遇過什麼事，才會讓牠們出現那麼強烈的反應。

這個認知讓左易心中一凜，越發關注夏蘿的情緒波動。

然而夏蘿就像是初次來到這個陌生之地般，僅是有些惶惑地打量著四周，接著又轉頭看向他，用軟軟但堅定的語氣說道。

「會出去的，小易不怕。」

「我什麼時候怕了？」左易習慣性地朝她扯了下唇角，給出一個不馴的弧度，但鼻頭卻有些發酸。

他知道自己在說謊，他怕極了夏蘿身陷危險，自己卻慢上一步；他怕極了夏蘿就這樣從眼前消失，偏偏這個才需要人保護的小不點卻反過來安慰自己。

左易忍不住將對方小手握得更緊，最好兩人的手指可以永遠纏在一塊，不再鬆開。

「媽媽，我想待在妳的口袋裡。」

釉釉糯糯的聲音像是在撒嬌，然而左易卻聽出隱在其中的不安。他微微側過頭，趁夏蘿的注意力都在釉釉上，低聲問著小橘。

「你們來過這裡。」他用的是肯定句而非問句。

「這是第二次了。」小橘伸長脖子看了眼夏蘿，又快速縮回來，湊在左易耳邊說著悄悄話。

「上一次發生了什麼事？你跟釉釉的反應不對勁。」左易無法不控制自己往最壞的方向想，「惡夢抓走小不點了？」

「發生……靠，這樣說可能很糟，但是直接被惡夢抓走還比較好。」小橘有些焦慮地拍彈了幾下翅膀。

左易瞳孔一縮，若不是一把將小橘揪在手中會引來夏蘿的注意，他早就這樣做了，而不是只能靠著攥緊拳頭來壓抑那股荒謬的不敢置信與心驚。

「因爲不知道這座森林有多大，我跟釉釉決定先去探路，讓媽媽待在原地等我們……愚蠢的決定。」

小橘的語氣像是自嘲，但更多的是濃濃的自我嫌惡。

左易安靜地聽著牠往下說。

「我們在找到出口前先遇到了惡夢，我不知道它用什麼方法讓我們能看到媽媽，媽媽卻無法發現我們……因爲一直等不到我跟釉釉，媽媽很擔心，一個人在森林裡尋找我們……」

但是夏蘿又怎麼可能找得到被刻意藏起來的兩隻鳥兒？左易不須再問下去，就可以在腦海中清楚勾勒出那幅令人揪心的畫面。

「最後……」小橘頓了頓，好似用盡全身力氣才擠出這句話，「媽媽終於承受不住孤獨與恐懼而崩潰了。」

直到肺部傳來火燒般的不適感，左易才意識到自己忘記呼吸。他的指甲緊緊陷進掌心，濕濡的感覺漫了出來。

「小易？」夏蘿似是察覺到什麼，忍不住喚了一聲。

「沒事。」左易若無其事地對她笑了笑，眼角餘光瞄向待在她口袋裡、僅露出小腦袋的釉釉——那隻灰白色的鳥兒似乎是認爲只要這樣做，牠與夏蘿就不會被拆散了。

左易的心有種鈍鈍的痛，爲了自己無法好好地守護夏蘿。就算如小橘所說，一旦夏蘿的心靈承受不住，沉睡在黑暗中，再在夢中世界醒來後，只會像是作了場惡夢般，什麼都不記得了，卻不代表她就必須理所當然地一次又一次遭遇那些可怕的事。

他飛快閉了下眼再睜開，極短的時間裡便整理好那些翻騰的心緒，只留下他所需要的冷靜。

「聽好了，小不點。」左易舉起自己與夏蘿握在一起的手，「沒有我的吩咐，不要鬆開手。」

「嗯，不鬆開。」夏蘿點點頭，也將左易的手指反握住。

「你，」左易又微微側頭看向小橘，「前面帶路。快接近上次那個地方時就停下來。」

「上次那個地方？」夏蘿不解地問，「小橘以前來過這裡？」

「是的，媽媽，我以前不小心飛進來過一次。」小橘飛到半空中，不讓自己的聲音出現半點不穩。

牠謹慎地環視周遭一圈。

食夢鳥雖然是弱小的妖怪，但指引方向與辨認方位卻是一等一的好手，即使四周景象看起來像是一模一樣，小橘還是眼尖地找到了牠記憶裡的路線。

「這邊。」牠拍著翅膀，示意左易與夏蘿跟著牠走。

天空暗沉，長得奇形怪狀的樹木就像是一頭頭安靜蟄伏著的怪獸，冷眼旁觀他們這些外來者。

左易注意到一開始樹木上方都是空蕩蕩的，僅有枝葉偶爾被風吹過而發出沙沙的摩挲聲，但當他們隨著小橘往森林深處進入時，那些樹也開始出現了變化。

不是顏色或樹種的改變，而是樹上出現了某些東西。由細細銀絲編織而成的偌大蛛網就垂掛在枝椏間，從葉隙落下的月光將蛛網映得像是在發光，這也讓黏在網上的東西顯得更清楚了。

那是被分解的人形娃娃、身上有著粗糙縫線與紅色鈕釦眼睛的布偶，以及在上面緩緩爬行的蜘蛛，每隻都有巴掌大。

不只左易看到那些垂掛在樹上的蛛網，夏蘿也看到了，古怪又詭異，彷彿在暗示著那些娃娃、布偶都是蜘蛛的獵物。

她沒有意識到自己瞬間捉緊了左易的手，本就蒼白的臉蛋似乎又變得更白了。

「別看。」左易瞳孔一縮，瞬間聯想到代神村的那一夜，將她拉得更近些，讓她可以挨著自己走路。兩人步伐匆匆，與小橘保持兩步的距離。

鞭柄狀的法器就握在左易手裡，他的警戒心提得極高，仔細感應著周邊氣息。讓他詫異的是，一路上竟然毫無異狀。

直到夏蘿突然停下，她回頭的速度是那麼地快，好似有誰從背後輕輕拍了她一下。

「怎麼了？」左易頓住腳步，直接轉過身子，目光在空蕩蕩的小路上來回梭巡。

「有東西……」夏蘿喃喃地說，她不知道那是什麼，然而後頸卻無法控制地竄出一股顫慄。

左易沒有追問，只是更加仔細檢視起小路兩側。地面上樹影搖曳，初看時會以爲是風吹枝葉所造成的晃動，但再看一眼，一閃而逝的黑影及不自然的晃動讓左易的眼神瞬間染上凌厲。他發現夏蘿的惡夢是她曾經的遭遇以另一形式呈現，那麼，黑影是哪次事件的後遺症？

他將夏蘿往後拉了幾步，自己站在前頭，法器一揮，由暗紅光絲纏裹成的兩道紅光迅雷不及掩耳地朝黑影閃動處甩去。

「嘰！」尖銳的嘶叫聲猛地炸響在安靜得如同死寂的空間裡。

與此同時，荊棘狀的黑影從樹影裡飛竄而出，在地上快速遊走，猛一看，像是有數條黑蛇正朝他們襲來。

左易護著夏蘿連連退後，每每在荊棘狀黑影要一撲而上時，暗紅光絲就會迅猛地鞭擊過去。

但是，儘管左易攻擊的動作再快，那些荊棘狀黑影在被光絲擊打之後就會快速退進樹影，一旦它們蟄伏著不動，根本難以辨認。

「臭老頭，現在怎麼辦？」小橘急得想要飛下來。

「蠢貨，繼續飛！飛快一點，我們會追上你！」左易厲聲說道，暗紅光絲剎那間又從法器前端洶湧而出。

小橘非但沒有因爲那聲冷冰冰的「蠢貨」暴跳如雷，甚至還有鬆一口氣的安心感，立即加快振翅動作，以比先前還要快的速度飛在前方。

趁荊棘狀黑影被短暫逼退，發出刺耳並且混雜著疼痛感的尖嘯聲之際，左易拉著夏蘿轉身拔腿就跑。

兩個小孩子奔跑的速度又快又急，誰也不敢停下。尤其是夏蘿，更是不願連累左易，跑到喘不過氣時，她就改用嘴巴呼吸，一聲抱怨都沒有。

光絲在身後結成一張又一張的網，擋下一條條疾射而來的荊棘狀黑影。

小橘飛在上方，不時扭頭注意底下兩人有沒有追丟，一瞥見後方緊追不捨、張牙舞爪的黑影，駭得都想要尖聲咒罵了。

一不小心，夏蘿踉蹌了下，套在右腳的小鞋子驟然鬆脫開來，掉落在地上，她也顧不得撿，在左易的幫助下穩住身子，繼續往前跑。

荊棘狀黑影飛速往那只小鞋子一擁而上，如同餓了許久的獸，轉眼間便將它吞噬殆盡。

鞋子的下場就是一個警示，左易操縱著數量繁多的暗紅光絲，或攻擊或阻擋，將黑影們逼回重重樹影裡。

他不是沒有想過直接用靈力拉起一面網，將那些咬得死緊的荊棘狀黑影全部攔下來，但在一個不知道範圍有多寬多廣的樹林裡，這個做法無異於緣木求魚。

於是他們只能跑跑跑。

時間的流逝好像失去了意義，左易不知道他們究竟跑了多久，甩掉多少條黑影的攻擊，當他捉著夏蘿的手，尾隨在小橘後方轉進另一條視野更爲開闊、兩側樹木明顯稀少的小徑時，荊棘狀黑影卻不再前仆後繼地攻擊。

緊迫盯人的氣息消失了，它們不知道是蟄伏起來，抑或是眞的退去，至少暗紅光絲沒有再捕捉到一縷殘影。

左易的警戒心並沒有因此而放鬆，法器仍舊被緊握在手裡，他顧慮著夏蘿少了一只鞋子，逐漸地放慢奔跑速度。

直到天空中的小橘不再奮力拍著翅膀，而是像確認般地也慢了下來，兩人才由小跑轉爲走。

相較於夏蘿因爲一路狂奔而滿臉通紅，單薄的小胸脯快速起伏且有些上氣不接下氣的樣子，左易僅是呼吸稍微急促了些，額上覆著一層細密汗水，根本看不出他才經歷過一場追擊，然而他的臉色卻比先前來得蒼白。

只有他知道這是靈力過度消耗的結果。

以瓶子裡的水來比喻，如果原本的身體所擁有的靈力可以將瓶子裝得滿滿的，現在這個軀體能使用的靈力連瓶子的一半容量都不到。

左易緩了緩呼吸，減少暗紅光絲的數量，僅留幾縷作爲偵測用。

就在這時，小橘終於不再往前飛，而是懸停於左易他們一步遠的前方。

釉釉也從夏蘿的口袋裡探出頭來，瞳孔因爲緊張而不斷擴大。

「快到了。」牠們異口同聲地低低呢喃。

第九章

「留在這裡，不要亂跑。」

左易讓夏蘿在一處毫無樹蔭遮蔽的地方坐了下來，底下墊著他脫下的外套，絲絲縷縷的光絲以夏蘿爲圓心，在她周邊編織成一個紋路繁複的圖騰。

而那些位在她前後左右，有著黑色樹幹、白色葉子的樹木也紛紛被纏繞上暗紅的光絲，形成第二層防護。

對左易而言，不怕一萬、只怕萬一，即使設下雙重結界，他還是仔細地將周邊環境檢查了一次。趁自己背對夏蘿時他用力地拍了幾下臉頰，好讓自己的臉色看起來不會太過蒼白。

夏蘿就是個固執的小不點，若是被她察覺他的靈力已經大量消耗，一定不肯聽話地乖乖待在原處。就算是與他鬧彆扭，也會板著一張面無表情的小臉跟上來。

左易可不允許這種事情發生。

況且靈力即使被消耗也能再次積攢起來，只是時間早晚的問題。他在架設防護網的同時，也是在替自己爭取一個緩衝。

再三確認這個地方安全無虞後，他在夏蘿前面蹲下來，與她眼對眼地平視。

「乖乖留在這裡，不要亂跑，我很快就會回來了。」左易頓了下，繼續說道：「不，不是很危險……不帶妳去的原因是我不能讓自己分心。」

明明夏蘿沒有開口，只是睜著那雙黑亮的眸子，然而左易所說的字字句句就像在與她對話似的。

這讓收攏著翅膀站在圖騰外邊的小橘看得目瞪口呆。

夏蘿安靜地聽完左易殷切的叮囑，她抿了下小嘴，忽地握住左易的手。

「夏蘿只等一小時。」她輕輕地說，稚氣未褪的嗓音滿是堅持。

左易不用追問這句話的意思也知道她想表達什麼，他上半身往前傾，與夏蘿額頭抵著額頭，兩人的手指交纏在一起。

那種親暱又私密的氣氛讓小橘有種不該打擾的不自在感，牠忍不住別過頭，轉移注意力般地看著那些白色葉子。

左易直勾勾地望進夏蘿的眼睛，在那片如深潭般的幽黑裡看到自己的倒影。

「聽好了，小不點。」

夏蘿眼也不眨地回望，表示她正在專心聆聽。

「不要覺得自己不能怕、不可以怕，害怕的時候就尖叫出來跟我求助。」

夏蘿張了張嘴，似是想要反駁，左易卻先一步截斷了話，那張板起來的俊秀臉蛋寫滿不容置疑。

「沒有什麼『可是』。」他輕而易舉便讀懂夏蘿的心思，「我會保護妳的，妳就算害怕也無所謂。小不點，妳相信我嗎？」

夏蘿小幅度地點點頭。

「很好。」左易的臉部線條放鬆了，他朝夏蘿微微一笑，這讓他也換取到對方的一個小小笑容。

他們的手在不知不覺間又鬆開了，左易站起來，腳尖一挑，不輕不重地踢了小橘一下，示意牠該行動了。

靠！小橘沒好氣地在心裡翻了一個白眼，虧牠剛剛還謹守著非禮勿視的原則，不感謝牠就算了，居然還踢牠一腳。

腹誹歸腹誹，牠還是飛到半空中，伸著脖子環視一圈，覷準了一個方向後，扭頭對著左易鳴叫兩聲，同時目光有些憂心忡忡地流連在夏蘿身上。

上次的教訓實在太慘痛了，牠無法、也不願再見到那名黑髮白膚的小女孩哭喊著崩潰的模樣。

「你說過的那件事，我不會讓它發生的。」左易走到牠旁邊，低低地說。他的聲音平靜卻蘊含著一股決斷，如同火焰被包裹在寒冰中靜靜燃燒。

小橘並不意外對方一眼就看穿牠在想什麼，事實上，牠的羽毛都還在微微哆嗦著，因爲這座詭異又壓抑的森林。

牠又忍不住看了夏蘿一眼，更正確地說，是看著從夏蘿口袋鑽出來、改而窩在她懷中的釉釉。釉釉的翅膀是下垂的，顯而易見地，牠的情緒也不太好。

「帶路吧。」左易不輕不重地催促一聲，手裡握著鞭柄狀的法器，每根神經都重新戒備起來。

小橘拍拍翅膀飛在前頭，克制著自己回頭的欲望。

他們離夏蘿與釉釉越來越遠，一路上誰都沒有說話，小橘是因爲不安與緊張，左易則是在專心感應著是否哪邊有流洩出一絲異樣。

小橘曾經告訴他，惡夢會散發惡念。之前夏蘿無端消失在市立公園，他們追尋到一處民宅時，不論是從建築物的外觀抑或是從出來應門的女子身上都沒有感受到任何不對勁，平凡得隨處可見。

但是，當他們潛進屋子後，鋪天蓋地而來的是一股黏稠又渾濁的氣息，好似有細細的針扎在皮膚上，身體裡的警示器閃爍著危險、刺痛、不舒服等字眼。

同樣地，在左易與小橘闖入大樓會議室裡的時候，這樣的感覺又出現了，只是比較輕微，或許與隔間裡的東西不是惡夢本體有關。

一人一鳥又往森林深處推進一小段路，四周依然安安靜靜的，只除了枝葉被風吹得搖晃所發出的沙沙聲。

驀地，小橘流暢的飛行動作忽然頓了一下，而左易的眼神也瞬間變得尖銳又凌厲。

空氣裡突然充斥著泥沼般沉重的氛息，腳下所踏的好像已經不是堅實的路面，而是一灘爛泥。

「惡夢……是惡夢出現了！」小橘急急飛降到左易肩膀上，用翅尖指著前方——上一回的經歷讓牠再不敢粗心大意。

然而當左易往前跑了幾步時，又一股讓人不快的氣息猛然從另一處爆發出來。

「不對，那裡也有！」小橘扭過頭，被兩個方向弄混了。

但牠還來不及判斷出哪邊才是正確的方位，又有更多處迸出相同的氣息，它們黏稠又渾濁，轉眼間連成一片，將整座森林籠罩在它們之中。

讓小橘駭然的是，氣息最濃郁的地方赫然是他們先前離開之處，也就是夏蘿與釉釉的所在地。

「該死該死！它在媽媽那裡！」牠發出了像是脖子被掐住的尖叫。

「小不點！」左易表情瞬間扭曲，這個事實如同打了他一巴掌，讓他幾乎要抑制不住地顫抖起來。

下一秒，他拚了命地拔腿狂奔。

天空藍沉沉的，那股顏色好似要化作濃稠的液體滴下來。周邊盡是有著黑色樹幹、白色葉子的樹木，一棵連著一棵，沒有盡頭般連綿不絕。

夏蘿屈著雙膝坐在暗紅色的圖騰裡，光芒雖然黯淡，卻莫名讓她安心。

放眼所見，除了樹還是樹，先前那些迅猛如蛇的荊棘狀黑影如同曇花一現，再也沒有出現過。但是釉釉還是顯得很不安，時不時往她的懷裡拱。

「媽媽，我好怕……」

「不怕不怕。」夏蘿輕柔地捋著釉釉的背羽，「夏蘿在這裡。」

「騙人。」屬於小女孩的聲音軟軟地說道。

夏蘿頸後寒毛都豎了起來，她不用回頭就可以感受到有誰正貼在她背後、靠在她耳邊。

釉釉也聽到這個聲音了，牠不敢置信地抬起頭，一瞧清上方景象，全身羽毛瞬間炸起、尾羽張開。

兩隻柔若無骨的蒼白手臂從夏蘿身後伸出來，以親暱無比的動作纏上她的肩膀，十根細幼的手指彷彿白蓮開綻。

但是，不應該的，對方是怎麼無聲無息穿過左易用靈力設下的防護？神不知鬼不覺地出現在夏蘿背後？

空氣在下一瞬間變得黏稠又混濁，明明帶著燠熱感，可是夏蘿的皮膚卻有種冷得像被針扎似的不適感。

「妳總是在騙人。」

夏蘿可以感覺對方的嘴唇就貼在自己的耳朵上，冰冰涼涼，呼出的氣息卻是如同花朵盛開到極致、瀕臨腐爛的甜膩氣味。

「夏蘿，妳就是個小騙子、說謊精。」

咯咯的嬌笑聲揉合著未褪的稚氣，迴響在周遭，好似遠在天邊，又像是近在咫尺。

釉釉不只羽毛豎起，就連身體也抖得如篩糠似的，牠的鳥喙張了張，想要喝斥對方滾開，但鋪天蓋地的恐懼卻讓牠一個字都發不出來。

夏蘿渾身僵硬、指尖顫顫，她的手卻還是沒有從釉釉身上離開，仍是一遍遍輕輕順著牠的羽毛。

她的背部承受著重量，對方親密無間的擁抱如同一個牢籠，而那個人還用著她再熟悉不過的嗓音，甜蜜無比地對她呢喃。

「說謊的壞孩子必須要接受懲罰的，妳想要被埋在槐樹下嗎？」

一棵槐樹安靜無聲地出現在不遠處，繁茂的枝葉間是一朵朵淺黃色的小花，而它下方的黑土正在逐漸崩塌凹陷。

「還是把妳的身體剖開，將內臟掛在稻草人上面呢？」

一只破舊的稻草人被立了起來，上頭纏繞著腥紅又散發著熱氣的臟器，粉紅色的腸子扭曲地垂落下來。

夏蘿驚駭地瞪大眼，呼吸不自覺急促起來。

「啊，關在行李箱裡也是個好主意。這樣妳就會蜷成一個好看的形狀，妳的肺會因爲空氣的缺失而產生像是燒起來的感覺。」

褐色仿木紋行李箱如同被一隻無形的手所推動，滑輪發出喀啦喀啦的聲音。

細白的手指慢慢撫上夏蘿的臉龐，溫柔無比地摩挲著。

「妳的肌膚是那麼白、那麼柔嫩，玫瑰的刺扎在上頭，一定可以扎出漂亮的顏色吧。」

一叢玫瑰花在夏蘿腳尖前盛綻開來，枝條上長著許多黑色尖刺。

夏蘿想要別過臉，避開那幾根冰冷蒼白的手指，可是她的下巴卻讓另一隻手捉住了。小小的手，與她差不多大的手，卻有著難以撼動的力道。

她可以嗅到屬於臟器的腥臭味，看到行李箱的拉鍊正在被慢慢拉開……

不不不！夏蘿抗拒地想要閉上眼，卻聽到一聲驚叫，然後她手裡的溫暖消失了。

「釉釉！」夏蘿反射性想要直起身子、伸出雙手，將那隻被扔出去的灰白色鳥兒抓回來，卻發現先前在她臉上游移的蒼白手指已迅雷不及掩耳地壓在她的手腕上。

她只能眼睜睜看著一條荊棘狀黑影破土而出，如蛇般地纏捲住釉釉。

「看著，我要妳看著這一切。妳如果閉上眼，我會讓妳聽聽那個小東西究竟能發出多可憐的慘叫。」

夏蘿的身體在發抖，但她還是僵硬地點了下頭。對方的肌膚冰涼又滑膩，讓人想到冷血動物的外皮。而現在，那十根細幼的手指又重新攀爬回她的肩頭。

釉釉撲騰著翅膀，不死心地想要掙扎，卻在驚鴻一瞥間看到了夏蘿身後小女孩的樣貌，駭然地瞳孔一縮。

「媽媽！那是、那是——」

但是牠什麼聲音也發不出了，又長又細的荊棘狀黑影將牠的鳥喙緊緊捆住。

「噓，安靜。如果妳媽媽閉上眼睛的話，我就會立刻鬆開妳的嘴。」小女孩甜甜地說。

因爲她與自己貼得如此近，夏蘿不須回頭都可以感覺到她正將手指豎在嘴邊，做出一個噤聲的手勢。

夏蘿咬緊下唇，眼睛眨了又眨，將快要湧出來的淚水硬生生逼回去。

那道猶帶稚氣的軟糯聲音仍在她耳邊說著話。

「妳不喜歡玫瑰嗎？那麼荷花如何呢？」

夏蘿看見有一塊地方突然漫出了水，以肉眼可見的速度形成一個小水窪，然後一朵娉婷粉嫩的荷花從水裡搖曳而出，漣漪陣陣、水聲嘩啦，水深讓人無法窺探。

「妳願意選擇溺在荷花池裡嗎？冰冰涼涼的池水會包裹住妳的全身，淹進妳的鼻子跟嘴巴裡。」

夏蘿不讓自己想像那幅畫面，她將嘴唇咬得出血，擱在裙襬上的手指用力絞在一起。

「噢，看樣子妳不喜歡水。那麼，換成火焰如何？它不會那麼快將妳燒成灰燼的，會讓妳清楚感受著妳的身體是如何被焚燒。」

隨著小女孩清脆如鈴的笑聲響起，一團又一團的蒼藍色磷火懸浮在半空中。

莫名地，圈在肩膀上的兩隻小手讓夏蘿聯想到兩隻翅膀披垂而下，彷彿下一秒就會將她整個人收攏在內。

「被蜘蛛的毒牙刺破脖子、注入毒素，對妳來說也是一個很棒的處罰方式。」

吐著青煙的蜘蛛緩緩爬行過來，停在圖騰外圈，八隻紅色的眼睛宛如無機質的紅寶石。

怦怦！夏蘿的心臟跳得好大聲，幾乎要從喉嚨裡跳出來。她看著槐樹、稻草人、行李箱、玫瑰與荷花，接著目光落在色澤幽幽的磷火上，腦海裡閃過無數畫面，最末定格在村落、紅燈籠、蜿蜒向上的山神小路。

「還是說，讓我把妳的眼睛挖出來，替妳種上一朵花，像我這樣漂亮的山茶花？」小女孩的手指再次撫上夏蘿的臉頰，不容抗拒地扳過她的臉。

夏蘿看到了自己，那是一名與她有著一模一樣臉孔、左眼為紫、右眼開出山茶花的小女孩。那朵花是那麼艷麗，彷彿由鮮血凝聚而成。

而釉釉未竟的那一句話頓時呼之欲出：媽媽！那是、那是妳！

夏蘿震驚地想要推開對方，但是那兩隻細弱的手臂卻如鐵箍般緊纏著她不放。

「放開、放開！」

「放開妳又如何？我鬆手了又如何？妳還是擺脫不了我的。」小女孩細白的手指越爬越高，已經來到夏蘿的眼窩處。

「夏蘿……爲什麼擺脫不了妳？」夏蘿吸著氣，強迫自己從喉嚨裡擠出聲音。

「因爲妳害怕，因爲妳一直在說謊。」小女孩用唱歌般的語氣說道，開在右眼裡的山茶花又變得更加盛綻怒放了，幾乎遮住她半張小臉。

「小不點！」

夏蘿聽到左易憤怒卻又透出驚慌的大吼遠遠傳來，她艱難地想要轉過頭，卻無法避開對方指尖惡意地壓按在她的眼窩上。

但是，她還是看見了那個朝自己大步衝來的紅髮小男孩，俊秀的臉孔滿是狂躁與急迫，那眼神就像是要噬人的獸。

夏蘿卻覺得這樣的左易一點兒也不可怕，甚至讓她無比安心。

「不要覺得自己不能怕、不可以怕，我會保護妳的，妳就算害怕也無所謂。小不點，妳相信我嗎？」

「相信。」夏蘿喃喃說道，「夏蘿相信小易。」

「妳在說什麼傻話呢？可愛的小蘿。」左眼爲紫、右眼開出山茶花的小女孩咯咯笑道，「妳的小易根本幫不了妳。」

「不。」夏蘿吸了口氣，堅定無比地開口：「小易在，夏蘿就不會怕。」

「什麼？」小女孩這次是確確實實地愣住了，笑容定格在臉上，那隻紫色的眼睛因爲錯愕而睜大。

「妳是夏蘿的惡夢。」黑髮白膚的小女孩一字一字地說，「夏蘿知道妳躲在哪裡。」

因爲她總是對自己說不能怕、不可以怕，但這些話不過是爲了讓她假裝堅強罷了，恐懼並不會因此消失，只是被埋藏在更深更深的地方。看不見，就不會被發現。

可是左易卻一遍又一遍、不厭其煩地告訴她，害怕就要尖叫，要向他求助。

直到此時此刻，夏蘿才眞正地直視自己的恐懼、惡夢。她不怕，她可以擊碎它。

夏蘿鬆開絞在一起的手指，右手毫不猶豫地探向心口，先是指尖沒入，接著是第一截、第二截指頭，最後五根手指都齊齊埋了進去。

很痛很痛，如同五臟六腑被翻攪得亂七八糟的強烈痛楚從身體深處炸裂開來，夏蘿小臉慘白地嘶著氣，疼得想要彎下腰，蜷縮起自己，可是她最終還是沒有這麼做。

她看著飛奔過來、離她越來越近的左易，試著對他露出一抹要他安心的小小笑容，然後強忍著劇痛，義無反顧地將那朵紮根在心裡的山茶花用力拔出——

「不！停下、停下來！妳應該要害怕的！妳必須要畏懼我！」小女孩淒厲地尖叫起來，她的雙手如同被灼傷似地從夏蘿身上彈開。

「夏蘿不怕妳，不會怕了。」

白煙從小女孩身上竄出，越來越多、越來越多，幾乎將她的身形全部籠罩起來。她痛苦地跪倒在地上，到後來連尖叫都不成聲了。

開在小女孩右眼與從夏蘿心口拔出的山茶花都迅速黯了顏色，從原本的豔紅轉爲死氣沉沉的褐，以肉眼可見的速度蜷縮、枯萎，最末一瓣瓣地飄落。

然後是一陣風吹來，不只吹散了白煙與圍繞在暗紅光圈外的槐樹、稻草人……連一直籠罩在周遭的沉窒氣息也被吹拂得一乾二淨，只剩下散落在地面的結晶體。

驟然失去荊棘狀黑影箝制的釉釉從半空中掉了下來，但在即將碰撞到地面前，一個及時的翻身，靈巧地滑向了那些結晶體。

「小橘快過來！」牠迫不及待地叫道。

「來了！」小橘拔高的聲音透出亢奮，牠快速拍著翅膀飛過來，在釉釉的身邊落下。

兩隻鳥兒的動作如出一轍，低頭、啄食。

與此同時，黛藍色的天空快速剝落，一片又一片，露出比這個顏色還要深還要沉的黑，純粹得像是會發光的黑。

而那些有著白色葉子的樹木也正以相同速度化作齏粉，彷彿它們只是用沙子砌成的沙雕，一陣狂風、一個海浪，就足以使它們瞬間崩毀。

夏蘿喘著氣，搖搖晃晃地站起來，赤著一隻腳走出暗紅光絲所編織的結界。

她想要抱住左易，告訴他，是他給了自己勇氣，可是她忽然覺得身體好沉好累，突如其來的倦意讓她的視野好似被一層紗罩住，變得模模糊糊，眼皮也撐不住地往下掉；更不用說她的雙腿開始不聽使喚了，才走了幾步就再也支撐不住地一軟。

是左易接住了她。

「小不點！小不點妳怎麼了？是不是有哪邊不舒服？」

她聽到左易心急如焚的聲音，摸上她臉頰的手一點兒也不會讓她討厭，微涼的體溫很是舒服，她忍不住蹭了蹭，口齒不清地說道：

「夏蘿很好，只是想睡覺了，小易不用擔心。惡夢已經……呼啊，已經不見了……還有，別讓姨消失，夏蘿喜歡姨……」

如同要證實話中的真實性，她打了一個小小的呵欠，但還是努力地睜大眼睛，試圖在濃重的睡意中保持一絲清明。

無邊無際的黑暗包圍了整個空間，卻又不是伸手不見五指、讓人感到心慌的暗沉，有光在一閃一閃地亮著，螢綠色的光點如同無數顆小星星流轉在四周。

「小易，來槐山。」夏蘿朝左易伸出小手，臉上綻出一個淺淺的笑靨，「你會叫夏蘿起床的，對不對？」

「嗯。」左易如同讀出她的想法，與她的小指勾在一塊，兩人的拇指摁壓在一起，「我們很快就會見面的。晚安，小不點。」

「晚安，小易。」夏蘿輕聲地說，安心地在他懷裡閉上眼睛。

尾聲

軟軟的小女孩聲音依稀還繚繞在耳邊，然而左易已感受到落在眼皮上的熱度，他飛快睜開眼，狹長的眼裡不見半點惺忪與朦朧，清醒得就像是不曾睡著過。

眼前所見的不再是幽暗無垠的空間與溫暖的螢綠色光點，熟悉的擺設讓他瞬間意識到他從夢裡醒了過來。

這裡是他的房間。

左易跳下床，匆匆洗漱完，看了眼蜷在床頭櫃上、睡得正香的小橘，猶豫了下，還是將牠放進外套口袋裡，帶著牠一塊出門。

當左易驅車趕到槐山時，日頭正好升到了天空正中央，熾烈的光線被繁盛的枝葉阻隔在外，僅有些許陽光從葉隙灑落，在石階上製造出斑駁的光影。

但是他無暇欣賞槐山的美景，他只是跑跑跑，只想著快一點、再快一點地趕到那個地方，好盡快見到那個讓他心心念念的小不點。

面無表情，如同小大人般的夏蘿；害羞得漲紅小臉，有些慌慌張張的夏蘿；遇到可怕的事情卻倔強得不肯低頭的夏蘿；總是將保護他人置於自己安危之上的夏蘿……

左易既氣惱她的固執，卻也心疼她的故作堅強，不管是在夢裡還是在現實中，都是一個笨笨的小不點，沒有人在她身邊守著怎麼行？

他帶著滿腔急迫，踏上最後一級石階。

從小徑盡頭延展出去的是一塊略顯平坦的空地，柔軟的綠草鋪滿地面，一棵棵槐樹則呈圓環狀地將這塊地包圍起來。

在空地中央，是一棵比其他樹木高大不知多少倍的古老槐樹。一名長髮在腦後盤成髻的女人倚在樹邊，她手執菸管，緩緩地吸了一口菸。

「堇姨。」左易朝她輕點了下頭。

「小蘿跟你說了吧。」守樹人抬眼看向他，聲音是一慣的低緩沙啞。

「要如何喚醒她？那些由心魔導致的惡夢不是消失了嗎？」左易打量著沒有絲毫變化的巨大槐樹，眼裡閃過一抹焦躁。

「我說過了，只要驅逐了她的惡夢，就能讓她順利掌握力量，從槐樹裡甦醒過來。但是小蘿不想要全部的力量。」守樹人不急不緩地說道，然而在提及夏蘿時，一向冷淡的眉眼透出了些許溫情，「她希望可以留下部分力量，繼續守著代神村與槐山。」

「她也不希望妳消失。」左易點出夏蘿的心願。

「呵。」守樹人發出了一聲輕不可聞的低笑，「是個好孩子，也是個傻孩子。你得好好盯著她，別再讓她做些傻事了。」

「那是當然。」左易應允。

守樹人彎了下唇，似是對他的回答很是滿意，但這抹笑意稍縱即逝，她又恢復成那副慵懶冷淡的神色，繼續往下說道。

「夏伶原本的規定，是直到與力量完全融合的那一天，她的繼承者才會清醒過來。現在小蘿的狀況是力量掌握得差不多了，但不是全部，所以她無法自主清醒，必須藉由外力將她帶出來。而那個外力……」

她目光沉沉地看著紅髮青年，意思不言而喻。

「我須要做什麼？」左易往後退了幾步，鞭柄狀的法器滑至掌心，心裡隱約有個想法成型，只差一個確認。

「把樹劈開，將小蘿從裡面拉出來。」守樹人菸管一轉，敲了敲高聳入雲的槐樹樹幹，「依你現在的力量，一道口子就差不多了。」

左易沒有反駁她的論點，只是請對方退開些，縷縷暗紅光絲正從法器前端湧出，如蛇般蜿蜒在地。

然而守樹人卻沒有移動，她一手執著菸管，一手平貼於樹幹上。

「我們現在做的事可算是有點小違規了，除了你的力量與小蘿的意願以外，還必須加上我從中調節。注意你的準頭，左家小子，砍到我的話，我不會跟你客氣的。」

左易繃著臉點點頭，法器揚起，一道由無數光絲聚合而成的紅色光刃猛地甩向那棵巨大槐樹。

最開始，光刃僅僅陷入一部分，彷彿有一股無形的力量在抵擋著，左易甚至可以感受到那股急欲反彈的力道震得他手腕發痛，可是他沒有鬆手，自始至終都緊握著法器。

每當光刃即將淡去之際，又會有更多暗紅色光絲纏捲上來，重新鞏固住光刃形狀，並且推動著光刃逐漸往下壓去，直到完完全全地嵌進樹幹裡，在上頭劈出一道深深的口子。從外面望進去，竟是一片漆黑，如同一個無底的洞穴。

「把你的手伸進去。」守樹人催促道，「握住她的手，不管發生什麼事都不要鬆開！」

大量消耗靈力讓左易臉色蒼白，額際也滲出細密冷汗，但他還是毫不遲疑地將手伸進那個黑幽幽的口子裡，一開始只抓到一把虛無，當他再往更裡面伸入時，發現自己捉住了一隻柔嫩的手。

隨即，如同被利刃割傷的刺痛猝不及防地從他的手背、手腕傳來，他可以清楚感受鮮血正滴滴答答地從傷口湧出，滑過兩人的指間，可是他仍舊將那隻手握得緊緊的。

不放開，說什麼都不會放開！他等了那麼久，又怎會讓唯一的機會從手裡消逝？

左易就像是不覺得痛，連眉頭都沒有皺一下，只是咬著牙，使勁將沉睡在槐樹裡的人從他所劈開的口子裡拉出來。

那是一名黑髮如河流般蜿蜒而下、有著白瓷般臉蛋的少女，她雙眼緊閉，長長的睫毛在眼下形成淺淺的陰影。她就像在作著美夢般，神色恬靜，粉嫩的嘴唇微微彎起。儘管她的個子抽高了些，臉龐也褪去了稚氣，但在左易眼中，她依舊是個小不點。

左易輕輕抱住夏蘿，看著她就像是在看著這個世界上最美好的事物，一時間竟是連呼吸都忘記了。

「還不坐下來，你都快站不穩了。」守樹人將手掌從樹幹抽離，攏了攏有些汗濕的鬢髮，朝左易遞去一記不贊同的眼神。

明明右手上有著大大小小的傷口，鮮血淋漓，但是左易卻根本不在意，他小心地扶著夏蘿坐下，自己也靠坐在她身邊，直到這時，那一直屏著的一口氣才終於吐出來。

守樹人深深凝望夏蘿好一會兒，才掌心一翻，將一隻熟睡著的灰白色鳥兒遞出去。

「讓他們跟著你吧。」

左易一言不發地接過釉釉，將牠安置在另一個口袋裡。

兩隻鳥兒顯然是過於疲倦了，到現在都沒有被驚醒，自然也不知道牠們將在這一天一同離開槐山。

「今天是個適合團聚的好日子……」守樹人看著蓊鬱的山景，將菸管湊到嘴邊吸了一口，接著慢悠悠地吐出一個煙圈，裊裊的煙霧逐漸擴散，將她的身影也模糊了。

左易摟著夏蘿的肩膀坐在槐樹下緩了緩呼吸，靜待體力的恢復。

然後，他聽到腳步聲響起……

〈食夢鳥〉完

番外 花忍冬的約會時間

自從林綾回來，花忍冬一直處於幸福和茫然的奇妙心情中。

幸福，自然是因爲他又能再次見到他所喜愛的那名少女，有著溫度、心跳、呼吸，不再是像當年惡夢中的鮮血淋漓。

茫然，則是他有時總會忍不住懷疑……這些，是眞的嗎？

他的林綾……眞的回到自己身邊了嗎？

這會不會又是一場……太過美好的夢境？

但表面上，花忍冬還是將這些情緒藏得很好。他的眼角、唇角噙掛著愉悅的笑容，一聽見林綾呼喊自己的名字，那雙細長的眼睛更是會笑得彎彎的。

花忍冬在大學畢業後，就帶著自己的相機到處東奔西跑，要將世上最美的風景都存下來讓林綾見到。他充滿靈氣的照片也時常獲得獎項，刊登在雜誌上，可以說也是一名小有名氣的攝影師了。

而當林綾重新醒來，花忍冬決定先停下之前四處流浪的生活。他打算成立一個小型的攝影工作室，等事業上軌道一點，就可以進行他帶林綾到各地走逛的夢想。

如今，花忍冬和林綾是處於同居狀態。

他們在工作室所在的城市租了房子，那裡是個環境優美的單純住宅區，周邊生活機能方便，最重要的是還離圖書館很近。

林綾自然清楚花忍冬挑這個地點是爲了什麼，對方太清楚她愛書成癡的個性，就連這部分都考慮進去了。這令她不由自主地抿起淺淺的笑弧，雙眼裡浸滿溫柔的水光。

不過，雖然說是同居生活展開中，但是花忍冬和林綾仍是分別睡在不同的房間。

花忍冬義正辭嚴地表示，萬一他們現在就睡在同一張床上，他怕自己會幸福得原地爆炸，還是按部就班比較好。

原本林綾是沒有意見的，她也喜歡一步一步慢慢來，那也是另一種生活樂趣。

可是過沒多久，她就改變主意了。

因爲她發現到，花忍冬居然半夜不好好待在自個兒房間睡覺，而是偷偷溜到她的房外，倚著牆，蜷縮在外頭。

如果不是那一夜，她剛好因爲口渴醒來，想到廚房喝水，或許她都不會知道，原來那名向來將樂天一面對自己展現的秀麗青年，心中竟然藏著如此巨大的不安。

當場被抓包的花忍冬眼神慌亂，在那雙柔軟似水的眼眸的注視下，卻又無法說謊。

他垂著眼，小小聲地說：「人家……人家怕自己又是在作夢……」

林綾心口一窒，眼眶一紅，不假思索地用力抱緊了他。

隔天，林綾就罕見地展露她強大的行動力。她指揮著花忍冬，將自己的床鋪搬到對方的房間裡，將兩張床合併在一起。

花忍冬幾乎是陷於呆愣中，只是本能地一個口令、一個動作。

等到兩張床無縫隙貼合一塊，兩個枕頭並排一起，花忍冬看著這張宛如是新婚夫妻在使用的大床，白皙的臉孔「唰」地一下染成緋紅色。

「以後我們就一起睡。」林綾柔柔的，且不容拒絕地說。

「咦咦咦?但、但是人家……」花忍冬滿臉通紅，緊張又無措地說，「人家真的會……」

「就算原地爆炸也沒關係。」林綾笑吟吟地說，「爆炸完記得過來睡覺，花花……親愛的。」

於是花忍冬真的幸福到爆炸了。

一切都在往好的方向發展。

工作室經過一段時間也漸漸穩定下來，林綾有空也會過去，當個助手幫忙打點。

可是，花忍冬覺得還少了什麼。

他也明白究竟是少了什麼。

為此，花忍冬從一、兩個月前就開始籌備，直到這一天的到來。

他的生日。

從早上開始，來自各方朋友的生日祝賀就湧進了他的手機內。其中感情特別好的，當屬綠野高中的夏春秋等人。

因此在接到他們打來的電話時，花忍冬也特別開心。

他甚至還聽到夏蘿用沉靜柔軟的聲音說：「忍冬哥哥，生日快樂。」

背景音則附帶左易擺明對壽星不屑的冷哼。

花忍冬很大度地把那當作左易版的生日快樂。

接下來打電話過來的是葉心恬。

「喂喂，花花。」無論容貌和嗓音都給人華麗感的女孩在手機另一端說，「把手機拿給林綾，本小姐要跟林綾說話。順便說一下，生日快樂啊。」

花忍冬神情複雜地瞪著自己的手機幾秒鐘，再放回耳邊說道，「小葉，為什麼人家是順便呀！」

「因爲就是順便嘛，你好囉嗦，我要跟林綾說話啦。」葉心恬不滿地催促。

早就習慣葉心恬說風是風、說雨是雨的個性，花忍冬認命地將手機交給在旁邊忍著笑的林綾。

葉心恬的聲音太大，就連林綾都聽見了。

「喂，小葉？」林綾的語氣是由衷的愉悅。

花忍冬只好眼巴巴地看著自己的女朋友和別人愉快地聊天，他在一旁像是隻圍著主人轉的大狗，巴不得主人趕快把注意力放在自己身上。

似乎感受到他內心無聲的怨念，林綾忽地轉頭看向他，「花花，我的手機待會應該會響，可以幫我拿過來嗎？」

花忍冬立刻飛奔出去。

果然就如林綾所說，她的手機剛被拿過來，隨即就響起鈴聲，螢幕上跑出的名字是花忍冬也很熟悉的「歐陽明」三個字。

林綾用眼神示意花忍冬幫忙接起。

花忍冬有點摸不清頭緒，但還是照做。

「喂，花花。」歐陽明開朗的聲音瞬間傳來，「生日快樂啊！」

「謝謝……等等，爲什麼歐陽你知道接起電話的是人家啊？」

「當然是因爲小葉叫我打林綾的手機找你嘛。」

「……啊？」

「簡單來說，就是小葉要跟林綾聊天，所以她事先交代，要是我找你的話，直接打林綾的電話。」

「哪裡簡單……你們幹嘛搞得那麼複雜啊？」花忍冬翻了白眼，「不要跟人家說，因爲小葉覺得用人家的手機和林綾講電話特別有趣。」

「花花你怎麼知道？小葉還眞的是這樣說的耶！」歐陽明在手機另一端哈哈一笑，接著放低音量說道，「放心啦，小葉知道你爲了今天計畫很久，不會突然跑過去打擾你們的兩人世界。」

「那就好、那就好……」花忍冬鬆口氣地拍拍胸膛。爲免被林綾注意到談話內容，他摀著手機往外走，「餐廳有幫我訂好了吧？」

「有，食物絕對好吃。」歐陽明保證。

「還有氣氛啦，氣氛啦，重點是氣氛也要好。」花忍冬嘀咕。

「花花你放一百個心吧，加油！肯定能成功的！」歐陽明替他打氣。

結束和歐陽明的通話，花忍冬深吸一口氣，握緊拳頭，將浮上的緊張感用力壓下去。他走回到林綾所在的房間，衝著正好和葉心恬聊完天的女友，揚起大大的笑容。

「林綾，說好今天一整天要陪著人家，所以咱們約會去吧！」

花忍冬選擇的約會地點不是電影院、百貨公司，也不是遊樂園，而是座落在附近山區的森林公園。

和都市裡的悶熱相反，山裡的空氣是涼爽的，蔥鬱的林木形成了最好的天然遮陽傘。

由於不是假日，公園裡遊客不多，大部分是常來這裡登山運動的年長者。

因此花忍冬和林綾這一對小情侶，顯得格外惹眼。

在瞧見了兩人交握的手指時，迎面走下來的遊客們不約而同地對他們投以善意或打趣的微笑。

森林公園的保育做得相當好，有時還能瞧見野生小動物在林間竄動，帶出沙沙的聲響。

花忍冬牽著林綾的手，對方的體溫隨著掌心一路熨燙到他的心裡最深處，讓他整個人都覺得暖洋洋的。他控制不住地揚起笑容，眉眼彎彎。

任誰都能看得出來，這名年輕人正沉浸在幸福的粉紅色泡泡裡。

而他幸福的源頭，明顯來自身畔的女孩。

驀地，林綾眼尖地發現到樹林中有一團不顯眼的紅棕色，她輕拉一下花忍冬的手指。

「花花，你看。」林綾輕聲地說，「那邊。」

花忍冬下意識轉過頭，待瞧見那團藏在樹林中的紅棕色，不由得吃驚地張大眼。

那是一隻小狐狸。

毛茸茸的小動物人立起來，躲在樹後偷窺著人，露出一雙黑豆似的眼睛，頭上還頂著一蓬枯葉。

那模樣簡直像特意做了偽裝，卻不知道自己一甩一甩的大尾巴洩露了行蹤。

「狐狸？真的假的……」花忍冬聲音也壓得低低的，「人家從沒聽說過這邊有狐狸出現，而且那隻狐狸躲藏的動作……感覺挺人性化的？」

就像在驗證花忍冬的話，小狐狸一察覺有兩名人類停下來，目光還往自己的藏身處看來，馬上舉起前肢，將頭上的枯葉拉得更低一些，以為這樣就能避免被看到。

花忍冬不禁咕噥，「這狐狸該不會是成精了吧？普通動物會做出這樣的動作嗎？」

「我們還是別打擾牠吧。」林綾莞爾一笑。她感覺得出來，就像花忍冬所說的，那是一隻成精的狐狸沒錯，也就是一般人口中說的「妖怪」。

林綾朝小狐狸的方向揮一揮手，唇邊噙著柔和友善的笑意。

花忍冬頓時不幹了，他趕緊拉著林綾往前走，一邊像鬧脾氣的小孩抱怨著，「林綾，妳不能隨便對誰都笑得那麼好看啦！萬一對方喜歡上妳怎麼辦？人家才不要情敵變多！」

「花花，你眞的擔心太多了……」

「才沒有，人家是說眞的……」

兩人越走越遠，話語聲也漸漸變得模糊。

留下一隻呆呆站在原地，心臟怦怦狂跳的小狐狸。

花忍冬可沒想到自己會一語成讖。

他眞的多出一名情敵了，還不是人。

起初，花忍冬沒發現到有什麼不對勁。他和林綾悠閒地享受著山林裡靜謐的氛圍，清新的空氣令人神清氣爽；走得累了，就在路邊的木椅稍作休息。

然後，那團紅棕色就是從這時開始纏上他們。

小狐狸不再頂著牠那身僞裝，牠的頭頂這次只放著一片綠葉子，那樣子令人想起故事裡要變身的狸貓妖怪——牠們也總會在頭上放上一片綠葉。

花忍冬眼角一下就瞄見小狐狸，他有些訝異對方居然不再躲躲藏藏，而是光明正大地跑上步道，嘴裡不知道爲什麼還叼著幾朵花。

牠就不怕被人抓起來嗎？

可奇異的是，即便這條步道尚有其他遊客來往，他們卻像全然沒有瞧見這隻紅狐狸，直接從牠身邊走過。

握著水瓶的花忍冬睁大一雙細長的眼睛。在經歷過那麼多事以後，他也知道世界上有著尋常人想像不到的特殊存在。

但是他沒想過……和林綾約個會也能碰上妖怪呀！

這時候林綾伸手，輕拍花忍冬的手背，「牠沒有惡意的，我感覺得出來。」

事實證明，小狐狸的確沒有惡意。因爲牠只是偷偷摸摸地靠過來，隨後自以爲沒人看見地將花擱在了林綾手邊，又一溜煙地跑走。

如果不是林綾的手還按著自己，花忍冬這下大概是要跳起來了。

一隻狐狸……送花給自己的女朋友？

這還有沒有把他這個男朋友放在眼裡了？

要是換作其他時候，有小動物送花給林綾，花忍冬會認為這畫面很美好。只是當那隻小動物是隻妖怪，他的心中就忍不住警鈴大響。

他有種直覺，那隻狐狸一定是被林綾的笑容迷住了。

但這話只能先憋在心中，花忍冬不願意讓女朋友覺得自己是個小雞肚腸的男人，連狐狸的醋都要吃。

然而俗話說，有一就有二，有二就有三，無三不成禮。

小狐狸送了一次花還不夠，接下來又送了第二次、第三次……每回的花還換著品種。花很美。

收到花，露出淡淡笑容的女孩更美。

但是花忍冬已經開始在暗暗磨牙。對他來說，居然有雄性生物——噢，他觀察過了，那確實是一隻可惡的公狐狸——向自己的女朋友獻花示好，無疑是赤裸裸的挑釁。

假使敢有第四次……沒錯，敢有第四次的話，他就要拿出林綾男朋友的威嚴，給那隻狐狸一個下馬威！

內心這麼想的花忍冬，沒有等到第四次的送花。

相反地，他等到的是——

小狐狸趁他們倆在涼亭休息之際，再次偷偷摸摸地靠過來，接著含羞帶怯地伸出牠的小爪子，就要摸上林綾的纖纖玉手。

這下子，花忍冬眞的是忍無可忍，也決定毋須再忍。

在現場一人一小動物還沒反應過來之際，花忍冬猛地站起，出手簡直快若雷電。

小狐狸的爪子都還沒有碰上林綾的手，就感覺到自己的身體驀地懸空。牠瞪大一雙眼睛，尾巴嚇得都僵直了，從來沒想過自己會被逮個正著。

人類不是應該看不見我的嗎？爲什麼自己會被抓住？

這不科學啊！

花忍冬的手指緊緊扣住小狐狸的脖子，不讓對方有絲毫逃脫的可能性。

他先是對林綾笑了笑，「林綾，等人家一下喔。給人家五分鐘……不，三分鐘就好。妳放心，人家啊，會很有分寸的。」

林綾笑著點點頭。她不是沒發現到小狐狸想摸上來，她只是沒預料花忍冬的動作會那麼快。

雖然小狐狸挺可愛的，不過爲了不讓男朋友繼續大吃飛醋，還是別出聲求情好了。何況，她也相信花忍冬做事向來有分寸。

花忍冬的笑臉在一轉過頭、背對林綾後，當即垮了下來。他的臉色陰森森的，拎著小狐狸就往涼亭外走。

待走到林綾看不見的角落，花忍冬撿了一顆小石頭，再將小狐狸提高，讓雙方的眼睛對視上。

他笑咪咪地說：

「敢對林綾打歪主意的雄性生物，人家會不客氣捏爆他的蛋蛋的！」

同時，一手將攢握在掌心裡的石頭捏成了好幾小塊。

目睹這一幕的小狐狸頓時瑟瑟發抖，眼裡噙滿驚嚇的淚水。

牠牠牠……牠不要自己的蛋蛋也被捏碎啊！

一感覺脖子上的勁道鬆開，被嚇得心肝發顫的小狐狸瞬間落荒而逃，那抹紅棕色的身影一下子就消失在蒼綠之中。

這個小插曲並沒有影響到花忍冬和林綾的約會行程。

他們來到了花忍冬早已事先預約的餐廳。

正如歐陽明之前保證過的，餐廳的氣氛很好，食物也相當美味。

不過花忍冬吃得其實有點心不在焉。有好幾次，他都忍不住將手探向口袋，摸到放在裡面的硬質小盒子。

盒裡是一枚求婚戒指。

那是從他覺得還少了什麼的時候，就開始準備的。

他現在很幸福。

但他是個貪心的人。

他想要更幸福。

「花花，怎麼了嗎？食物不合你的胃口嗎？」林綾注意到花忍冬的分心，關切地問道。

「沒有、沒有，人家覺得很好吃呢。」花忍冬連忙露出笑容，放在口袋裡的手指無意識握得更緊。

老實說，他現在掌心都有些冒汗了。

他甚至懷疑如果不是餐廳裡的音樂猶在迴盪，坐在對面的林綾說不定會聽見他過度猛烈的心跳聲。

花忍冬在心裡默背著早就記得不能再熟爛的流程。

再等一下下，再等一下下……等送上甜點的時候，就是最好的……！

驟然降臨的黑暗讓花忍冬的思緒猛地中斷。

原先還燈火通明的餐廳內，乍然失去了全部燈光。

用餐客人的驚呼聲此起彼落，誰也不曉得怎麼會突然就停了電。

很快地，緊急照明設備啓用，餐廳內總算有了些許光源，但本來的浪漫情調早已被徹底破壞殆盡。

店經理急匆匆地跑出來，不斷地向客人說明致歉。

花忍冬沒有留神去聽停電的原因是什麼，他現在整個人都低落到不行，握住小盒子的手指也慢慢鬆開。

在這種氣氛下，他根本不好意思再將東西拿出來。

巨大的沮喪幾乎擊倒了花忍冬，他眼中的光芒黯淡下來，卻在下一瞬間，被眼前的微小火光吸引。

花忍冬吃驚地瞠大眼。

一塊插著點燃蠟燭的小蛋糕，正被林綾端在手裡。

「林綾，那、那是……」

「路上我趁你沒注意的時候，偷偷買的。」林綾柔聲地說，「你看，我連蠟燭都有準備呢。花花，生日快樂。」

然後，戴著眼鏡、綁著長辮子的女孩揚起花忍冬最愛的恬美笑靨。

她說：

「許個願吧，你許下的願望一定會實現。因爲我的答案是——好的，我願意。」

〈花忍冬的約會時間〉完

後記

感恩夜風大、讚歎夜風大，不只達成我七彩封面的野望，還成功召喚了一對粉紅色愛情鳥。收到封面的時候都要跪在螢幕前了，怎麼可以美成這樣～～～少女心完全被燃起來了。

我還以爲這就是放閃的極限了，結果事實證明我太、天、眞了，輪到拉頁出場的時候，更是遭受到了強烈的閃光攻擊，一打墨鏡都無法阻止那些閃光啊！

約會照、婚紗照、訂婚戒指照，還有小葉的美照，有一種人生已經圓滿的升天感了（合掌）

其實這一集的主旨就是「放開那個蘿莉，讓專業的來」……

咳，講太順了，是小蘿與左易聯手擊退惡夢，最後小蘿終於直面自己的心魔，也就是她在「春秋系列」遭遇到的可怕事情所造成的陰影。不知道在民宅的女主人出現時，有沒有人眼尖地發現她的形象是套用〈花人形〉裡出場的方茉莉。至於天花板隔間裡的小女孩，提示應該就很明顯了XD

因爲封面是粉紅色的，除了左易跟小蘿的牽手、抱抱少不了之外，歷經許多磨難的花林組也一定要來吃個糖，而且還是喜糖。如果可以讓你們覺得甜到牙痛，我就心滿意足了。

至此，《春秋異聞》的故事算是暫時告一段落，接下來要上陣的作品將會是現代奇幻歡樂向，還有我想再次挑戰的戰鬥風XD

照慣例附上感想區的QR碼，對於「春秋番外」有什麼想法，歡迎告訴我喔。

醉琉璃

春秋異聞感想專屬QR Code
歡迎大家上來聊聊唷^^

【醉琉璃 新書預告】

◈ 除魔派對 ◈

當大地不斷生成污穢怪物，世上逐漸盈滿負面能量，
「清道夫組織」便是人類唯一的救世主——

毛茅是個熱愛熟女、正要展開美妙人生的高中生，
只不過，他的高中生涯在入學前早已註定了修羅！
強迫加入任務是「夜間刷地板」的神祕社團？
被不知是鳥是人的失憶室友纏上？
而這一切，可能都跟他的「隱性資質」有關！

鐮刀、巨劍、黑長鞭，深夜裡華麗舞動；
美型社長、女裝前輩與自戀黑貓吉祥物……
「除污社」成員瀟灑出擊，
社課第一堂：讓我們捲起袖子，開始清掃所有「髒東西」吧！

醉琉璃・作品集

織女

蘿莉女孩的報恩，
粉紅系不良少年的熱情告白!?
挖角、打怪、賺業績(?)、維護人間和平！
堂堂高中生囧爆的新生活!!

宮一刻是個熱愛可愛事物擁有粉紅少女心的不良少年，
一場莫名車禍後，他開始能見到人類身上冒出的「黑線」。
滿懷不解的他根本不知道，第一次遇上渾身粉紅蕾絲邊的可愛女孩時，
就不應該再奢求擁有平靜的校園生活了……

蘿莉小主人、靈感雙胞胎、僞娘戰友、巴掌大壞心眼少女……
無敵怪咖成員們，織成驚心動魄兼囧笑連連的每一天。
以線布結界、以針做武器，還要和名爲「瘴」的怪物作戰，
不得已訂下契約的一刻，將展開一段名爲熱血的打怪繪卷……

那一夜，讓我們忘了廁所的怪談、無聲的電話，
在充滿靈氣與熱鬧(?)氛圍的校園裡，
少年即將喊出那令人害羞臉紅、心跳100%的告白啦！

★系列內容★

卷一 百瘴之夜
卷二 妖花絢爛
卷三 無名神
卷四 迷走大樓
卷五 真實與虛妄
卷六 黑暗的呢喃
卷七 鏡花水月
卷八 千年結
番外 夏日騷亂

「瘴」出沒！
各路神使，火速召集！
神使、半妖、擁有靈力的狩妖士……
如果你的同學如此奇特，你還會是平凡人嗎？
小大一的歡樂校園風華麗冒險！

當唱著山神祭歌謠的綠髮女娃現身，
與神明締結契約的使者陸續曝光，
小大一們的校園生活，可能不那麼好適應了……
眼鏡男孩依約，本決定要過著低調的大學生活，
但他的可愛室友卻黏上了他，硬把他拖入一件棘手的委託……
原來，藏有祕密的，從來都不是只有他？
不思議事件狂熱者室友A，其實是個手持巨大毛筆的「神使」？
一臉酷樣的少女殺手室友B，還是個活生生的「半妖」？
這些宛如動漫的名詞突然殺出，
低調眼鏡男只能輸人不輸陣，變身了!?
不敬者破壞封印，釋放了不該釋放之物；
七年前的禍害今日發作，「瘴」異變了！
神使公會曝光，舊夥伴、新搭檔陸續登場——
「他」無奈表示：爲啥我得聽一個男人說「我願意」呀!!

★系列內容★

卷一 夜祭與山神歌謠
卷二 百魂妖怪與貓男孩
卷三 連鎖信與天使蛋
卷四 鏡之花與池之底
卷五 西山妖狐與岩蘿之鄉
卷六 陰七月與幽燼門
卷七 繁星與不可思議
卷八 水瀾與符
卷九 祀典與惡戲
卷十 情絲與鳴火
卷十一 半與伴
卷十二 提之燈與引之線
卷十三 宿鳥與繁花地
卷十四 守鑰與四封
卷十五 終章 戾與唯一
番外 芍音與花

國家圖書館出版品預行編目資料

春秋異聞.番外,食夢鳥 / 醉琉璃 著.
——初版. ——台北市：魔豆文化出版：蓋亞文化發行，2017.10
面； 公分.（Fresh；FS143）
ISBN 978-986-95169-7-6（平裝）
857.7 106016319

FS143

春秋異聞

作者 / 醉琉璃
插畫 / 夜風　　封面設計 / 克里斯
出版社 / 魔豆文化有限公司
地址◎ 台北市103赤峰街41巷7號1樓
電話◎（02）25585438　傳真◎（02）25585439
部落格◎ gaeabooks.pixnet.net/blog
臉書◎ www.facebook.com/Gaeabooks
電子信箱◎ gaea@gaeabooks.com.tw
投稿信箱◎ editor@gaeabooks.com.tw
郵撥帳號◎ 19769541　戶名：蓋亞文化有限公司
發行 / 蓋亞文化有限公司
法律顧問 / 宇達經貿法律事務所
總經銷 / 聯合發行股份有限公司
地址◎ 新北市新店區寶橋路二三五巷六弄六號二樓
電話◎（02）29178022　傳真◎（02）29156275
港澳地區 / 一代匯集
地址◎ 九龍旺角塘尾道64號龍駒企業大廈10樓B&D室
電話◎（852）2783-8102　傳真◎（852）2396-0050
初版一刷 / 2017年10月
定價 / 新台幣 199 元
Printed in Taiwan

ISBN / 978-986-95169-7-6

FS143

魔豆文化　讀者迴響

感謝您在茫茫書海中選擇了魔豆，您的支持是我們最大的動力。
不要缺席喔，讓我們一起乘著夢想的羽翼，穿越時空遨遊天地！

姓名：　　　　　　　　　性別：□男□女　　出生日期：　年　月　日
聯絡電話：　　　　　　　　手機：
學歷：□小學□國中□高中□大學□研究所　　職業：
E-mail：　　　　　　　　　　　　　　　（請正確填寫）
通訊地址：□□□
本書購自：　　　　縣市　　　　　書店
何處得知本書消息：□逛書店□親友推薦□DM廣告□網路□雜誌報導
是否購買過魔豆其他書籍：□是，書名：　　　　　　□否，首次購買
購買本書的動機是：□封面很吸引人□書名取得很讚□喜歡作者□價格便宜□其他
是否參加過魔豆所舉辦的活動： □有，參加過　　場　　□無，因爲
喜歡出版社製作什麼樣的贈品： □書卡□文具用品□衣服□作者簽名□海報□無所謂□其他：
您對本書的意見： ◎內容／□滿意□尚可□待改進　　◎編輯／□滿意□尚可□待改進 ◎封面設計／□滿意□尚可□待改進　◎定價／□滿意□尚可□待改進
推薦好友，讓他們一起分享出版訊息，享有購書優惠 1.姓名：　　　　e-mail： 2.姓名：　　　　e-mail：
其他建議：

廣告回信　郵資免付
台北郵局登記證
台北廣字第675號

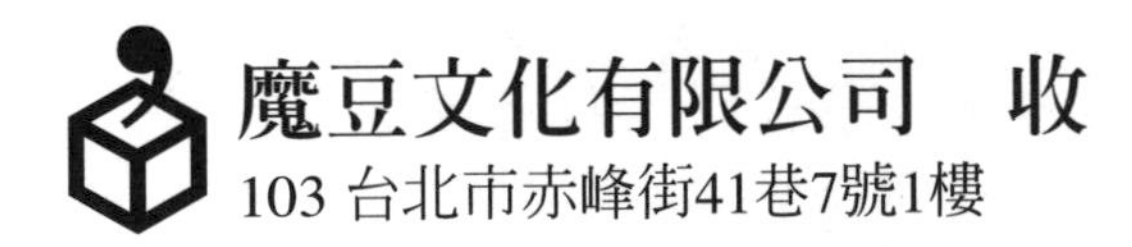

魔豆

魔豆